U0812634

序言

昨日是远方流动的河

热这种感觉比冷更五味杂陈，尤其在南方，它不是单一的触觉，它还包括湿漉漉、黏糊糊，包括皮肤的灼烧刺痛，和睁不开眼的明亮。我出生在中国西南，差一点，就是中越边境了，在地理上，用北回归线以南、亚热带、潮湿、喀斯特地貌、水汽腾腾这几个词去形容，大家会一目了然。我的故乡和我笔下的南安一样，它既迷人，又叫人憎恶。

我记得我十岁的时候，家里突然出现了一个皮肤黝黑的女人，她是乘着大货船经北海泊岸再一路坐大巴颠簸来到我家的，她随身拖着几袋水产，夜晚就蹲在街边的路上贩卖，想要攒够回程的船票。她浑身腥臭，衣着简陋。一开始我并不知道她是谁，我看见她和母亲一见面就相拥而泣，哭成泪人儿，后来我才晓得，她是我母亲的亲妹妹，我的小姨。20世纪八九十年代，她被卖到了海南乡下，与其说是卖，不如说是拐骗。她嫁给了当地一个男人，也就是我后来的姨父，这个我至今没见过面的男人。她尝试过许多方法逃走，可全村的人都集体失言，将她关押，逼她行房，直到她抚养出一双儿女，等他们长到十岁，知道她想逃也舍不得逃了，才给她机会回一趟娘家。那真的是我第一次见她，也是第一次听说原来我还有这样一个小姨，而我母亲与她阔别十几年，一见面就哭得声音嘶哑。那个年代，我母亲身边的不少女人，运气都没多好，远嫁台湾的此生没了消息；去了香港的攒了半辈子钱仍旧居无定所；而我母亲最好的朋友，下海去了广东，三十几岁便得了肺痨离世。

十六岁时，我第一次去了中越边境，那时候的好奇心多过悲悯之情，走马观花看的是新奇，直到我一个被囚禁三年的姐姐逃出来，展示着身上的伤疤诉说往事，我才知道边境生活不是我眼中看到的那样，人人都能靠卖廉价卷烟和香水过活，喝着啤酒惬意度日。

二十岁，我在台湾读书，国际关系这门课上，老师给我们放了一个纪录片叫《我们》，里面讲的是越南新娘和嫁到台湾的东南亚新住民生活，随后我在台中梧栖渔港的小学教书，跟踪采访其中几个混血孩子的生活。同年，我认识了一个朝鲜族的朋友，他在去韩国前，给我讲述了他在朝鲜的阿姨如何忍辱负重逃到吉林延边嫁给当地人，最后斩断一切离奇失踪，留在韩国的历程。

2013 年冬天，我开始敲下《南安无故人》的第一行字，直到今天，已经是第三个年头了。这期间，我换了三座城市、两台电脑，清空了手机里所有备份，脑子里起过无数次念想，不如就放弃这个小说吧，既难写，又不讨巧，有多少人会在意你要说的这些故事呢？然而就在这样漫长的自我撕扯和对抗中，我终于写下了结局，但我换来的并不是长舒一口气的安然，而是陷入巨大的沉默与焦虑之中。

十七岁的我，和小说里的多多一样，急切地想离开故乡。他跳上了一辆封闭而颠簸的卡车，而我爬进了一列拥挤而闷热的火车，奔向远方——可什么是远方？陌生、新鲜、永无休止、动荡不安……我想用一切美好的词语去修饰它，哪怕远方和咫尺其实从来都一样，世界也从不分什么外面和里面。我告诉书中的人物，你要充满勇气，要决绝果敢，我让他们带着我的心愿，用一种粗暴而有效的方式逃离。

在写《南安无故人》之初，我住在一间青旅加盖的棚屋里，冬天，风把铁皮吹得四处晃动，我听见一墙之隔的那对情侣每天吵架做爱，吵架做爱，如此反复，构成了他们丰富却又单调的人生。我听整栋楼马桶冲水的声音，我听油锅沸腾电饭煲报时的声音，我听走廊前的人来人往，我听楼梯上的步履匆匆。

我写的小说并不比这样琐碎的生活要高级许多，小说里的主人公要对抗的是灾难，而我们要对抗的，则是平庸。从中文系毕业后，我离开了厦门，辗转江西、上海，离故乡越来越远，却让我觉得离自己越来越近。人总是在疏离和羁绊中成长，也因孤独和落魄而清醒。如果说日复一日的生活将我包裹成一个厚厚的茧，那么写作一定是把尖刀，帮我刺破自己的保护层，把最柔软的部分袒露出来，让小说里的人物替我重获新生，也以此来观照自己的人生。

写下南安这个地名时，我脑海里浮现的，是安哲的电影《雾中风景》片尾那片浓雾——我看不清这座城市的轮廓、形状，它空空如也，死气沉沉。

于我而言，它更像是中越边境上一个不那么起眼的地标，它太渺小了，以至于轻易就被人遗忘；它甚至从来不存在，可它又魂牵梦萦地在我意识深处出现，刺扎我、冲击我、召唤我。

直到多多、美惠和阿策出现，站在雾中和我遥遥相望，我仿佛看到他们在这座城市里挣扎、叹息，跌倒又爬起，我知道，再没有什么比写下来更直观的方式了，也再没有什么，比让别人读到这些故事更让我感到慰藉。

谢谢曾经二十岁青涩较真、莽撞拙劣的自己，也谢谢那个坦诚热烈、毫无保留的过去。

南安无故人，何处是他乡。

陆俊文

2016 年 4 月

于香港

南安无故人

“流浪人，你若抵达河岸，请告诉那里幸运的人，说我们死守承诺，长眠在这里。”

省道 S325 中越边境公路上，那辆飞驰的深灰色大巴车打着坏了一边的照明灯，正开往红树林消失的地方。车厢里坐满昏昏欲睡的男人女人。所有人都闭着眼，唯独美惠清醒着。这已经是两天来转的第三趟车了，她倚在旁边这个叫多多的男人身上，一路都攥住他的手。他还是像小时候那样容易手心出汗，尽管已经是冬天了，不过南安这里，似乎气候不怎么严寒，除了停了又下反反复复的雨惹人心烦。

“你闭上眼睡一会儿，醒来就到了。”

她倒是也想睡，可这辆20世纪90年代产的大巴车修修补补连窗子也合不紧，风直吹进来，叫人眼光迷离，又颠簸在高似悬空的盘山公路上，左倾右倒，不知道什么时候就要了她的命，她才睡不着。

她没想到过了那么多年，这条路还一点也没变。她靠在多多身上，就和十多年前缩在阴暗的车厢里，抱住母亲，惶恐不安地数着车子上上下下没什么两样。只不过那时候的铁皮车厢封住了所有视线，而现在，她可以一路看着窗外风景——

如果这些悬崖峭壁也可称为风景的话。

欢迎到南安来。

大雨把城郊新刷的油漆广告牌冲洗得一截鹅黄一团红。似电光石火，劈下去，十万大山又被横斩成段。

“你看到了吗？刚刚那块大牌子！”美惠急转过头，用手指涂开玻璃窗上的雾珠，视线追往汽车驰去的反向，“从前可没有，也不知什么时候立上的，小地方啊，巴不得全世界都知道它叫南安。”

多多局促地一笑，手不知该摆放到什么地方，拥过去环抱住她的腰。眼匆匆瞥往窗外，映着自己的灰头土脸。两排座位上晃动着铃铛一样的人头，左顾右盼，想要从镜中搜寻熟悉的面孔。

又一个大拐弯。司机猛打方向盘，车身在斜坡上如经历一场颠簸的滑翔，轮胎不情愿地碾过凸起的大石头，以这样狼狈仓促的方式抵达了终点。

大巴松垮垮地停靠在那片散发着恶臭的菜市场肉铺旁边。美惠几乎要骂出声来了。多多一手挽着她，一手提起行李走下车。地上污水成沟壑，泥泞满地，美惠撑着一把黑色的大伞，严严实实地把两人遮挡住。深灰大衣将他们与浓稠夜色相连，两人表情肃穆，笔挺挺地站立，显得过分凝重，仿若要去参加一场隆重的葬礼。

“好些没？”多多望向她，但腾不出手安抚。

美惠点头，举目环望，长叹一声：“还是那么破败陈旧啊——”

01.

南安三面环山，没山的那面有水，源头是哪儿当地人也不得而知，但这条河横贯东西，在没通路以前一直是南安人出远门的要道。直到 20 世纪 80 年代边防公路修到南安，水路才挪作他用。这条路像根通天脐带，扭摆着旋往山腰，在 80 年代末集体接生了一大批外来婴孩。多多就是这些苦命孩子当中的一个。他阿爸陈天福赶着经商大潮随东北老乡一路南下，别人都下海奔往广东，他却拐了个弯钻进广西边疆，直驱南安。西江河南段有个锰矿，被眼疾手快的北方老板抢了承包，工头和管账的都是北佬，冒死下井的矿工却多是当地穷汉。陈天福虽然也被嘲作北佬，可他瘦瘦小小，没有一点北佬的高大气派，除了白——他的脸像一面新刷的石灰墙。陈天福不挖矿也不在工地上管账，可他这人猴精，在河北段开了家面馆。南安人顿顿不吃米粉就吃米，叫这群牙缝里塞惯面粉粒儿的北佬哪受得了。于是这家面馆逐渐声势浩大起来，又发展成同乡会，自成一派；当地瘦黑的南安人一见这些个三五成群膀大腰圆的北佬聚一块儿都得低头绕道，丢了地主的势头。

多多阿妈叶美玲也不是个土生土长的南安人，她老早就被拐来中国，是个越南女人，后来几经转手卖给了陈天福当老婆。她长得不算好看，也并不难看，只是混在当地女人堆里，显得黑，一眼就叫人辨认出来。她的手臂和指头都像男人的一样粗壮，因为长期摔粉揉面——陈天福开面馆却从不下厨，自己成日坐在隔壁阮凤英家的麻将桌前，和一群婆娘玩牌赌钱。输了他也乐意，谁让那几个婆娘个个肥得让他一揩全是油。

当然阮凤英是不肥的。她是这一带长得最标致的女人，她也是个越南人，是阿策的阿妈，可她比多多阿妈白，也比多多阿妈漂亮。她的眉毛是特地找人修过的，裁成柳叶文上绛紫色，削肩长颈高鼻梁，再配上一双俏目，任谁瞧上一眼也忘不了她。这里所有女人都学她的装扮、她的衣裤和她走路的姿势。她穿着曾流行过的宽口裤，裤腿肥大，上衣倒是裹得很紧。朱砂红的高跟皮鞋只露出尖尖的头，像是吸人血的蚊子针管嘴上沾染了一抹猩红。她走起路来像飞，步子轻盈，距短而疾。那些胖女人也想学她那么穿衣，可腰间的赘肉紧绷着往两边坠，连衣线都松脱了哪还有修身可言。

她家挨着多多家开了个铺子做转手行当，兼营外贸。她常常就倚靠着木屑松落的门框，交叉着两条腿，嵌在那儿，一动不动，只有手指缝夹着的那支烟簌簌燃着。烟顺着屋檐跑，魂似的，忽就没了影。

在南安这儿，就没有几家是不干走私活儿的。贩卖烟酒是活儿，偷运毒品也是活儿，只是活分大小钱分多少。两地关系一会儿松一会儿紧，大家就见风使舵，头掉南北。面儿上似乎闹得不可开交了，底下照常互通有无。

南安这里的地势是北高南低，站在坡上南眺，不起雾就能看清十几公里外的归春河旋流入越。20 世纪 90 年代的南安人还是灰头土脸的。他们撑着竹筏，就荡到归春河中越交界的边境线上了。那边屋顶上插着一星红旗的是越南，这边屋顶上飞着五星红旗的是中国。

越南人卖香水和卷烟。他们能拿法国货，南安人瞅着眼睛发红。南安城里穷人家抽青竹烟，两块钱一包，辣而呛，小孩子抽不来，只有那些干瘪瘦黑的老头能抽——吸一口，皮肉都皱起来。世代居住于此的大部分是汉族人，也有京族的，多是从东兴三岛迁来的。

南安一年有八九个月的夏天，湿热而闷，因而这里的人都长得面黄肌瘦，脸色黝黑。天气一热就堆在西江河上游冲凉。一排光屁股的男人女人，肩膀上挂一条褪色破洞的毛巾，揣着一块瘪瘪的香皂，就蹲在河边搓澡。

多多比同龄人都显得矮小，因此总站在最边上最不显眼的地方。阿策虽和多多同年生，可他长势生猛，比多多高出了近一个头，十一二岁的时候，身下的毛已经茸茸似一片浅滩平原。阿策告诉多多他最喜欢洗澡的时候泡在河里撒尿，一边舒张着胳膊和腿划动，一边排泄出热乎乎的尿液，咕咚咕咚的声音让他有种莫名的兴奋感。他常常招引来年纪稍长的姑娘们围观，也不害臊，一个个捏着他的胳膊呵笑。阿策的皮肤晒得呈铜棕色，肌肉壮硕结实。而多多则是凄惨病态的白色，薄薄的皮肉没有丝毫韧劲。

天生瘦小的基因多半也是从陈天福那儿遗传过来的，可实际也怨不得他呀，要怪还得怪到陈天福的胞弟陈天宝头上。这傻子在娘胎里就拼了小命和亲哥争抢，生下来比陈天福整整重了四斤。本以为能吃是福气，天宝一张嘴全家就围着他转悠喂他吃肉，白白胖胖还老咧嘴笑，多招人稀罕。相比之下陈天福打小就是根被冷落的豆芽儿。三岁以后，转机始到，陈天宝此后的智力再也没能超过三岁，按理说陈天福应当得宠才对，可全家人再一次把所有的爱投掷到这个智障天宝的身上，陈天福也从那会儿开始就不断被爹妈训斥着要好好照顾弟弟，而后几十年他身上都背着这捆燃不起的柴火，从北向南，他带着弟弟天宝完成了一次艰难的逃亡。

多多的命运简直和陈天福如出一辙，在学校里头被人嫌弃是“越仔”，在家里又被阿爸怒骂着要照顾好天宝叔叔。所以从小就憋着一股怨气，挨了打也不哭，可又傻愣着不敢还手。他生下来就得让着那么一个豪吃海喝的庞然大物。如果说三岁以前他俩还处在同一个世界上能彼此沟通，那么三岁以后，多多就只能沉默不言地看着自己叔叔爽快了。

天宝走到哪儿嘴里都得含着一根舔舐干了的雪糕棍儿。大概是甜食吃得多，又患有糖尿病，脖子粗得像油桶，下巴赘了好几层皮肉，整个人像是一只灌满黄油的皮球。他走路是用滚的，头先往前伸出去探路，整个身子前倾再带动下面的肉一块儿移动。

可别看不起这颗皮球，五个陈天福都不是他的对手。陈天福倒也从小就习惯了和弟弟分享东西，小至一粒米，大至生死，而女人搁中间，哥哥用完弟弟用，还是自家人。

叶美玲开始也不愿意，于是陈天福就架起一把椅子，锁上门，让弟弟揪着叶美玲往床上按，陈天福如饥似渴地燃起一根烟坐在旁边，对弟弟说，该你自由发挥了。任凭叶美玲怎么反抗也无济于事，陈天宝的身体像扇贝一样把她死死裹住，敦实的胸膛压得她喘不上气，呐喊也不奏效，反叫陈天宝越发兴奋。后来叶美玲就学乖了，即使再疼，也紧闭着嘴不叫，没几下，陈天宝就转移注意力感觉没劲儿了。他不像在做爱，反倒像是在进食，而且是扑向一只垂死挣扎的动物。

多多很小就撞见阿妈被叔叔拖到房间里，那时候阿爸不在，多多想反抗，他就死死抱住叔叔的大腿，尖叫，可叔叔六亲不认，一甩腿就将多多踢撞到墙上，差点儿没把脑门儿给磕破了。后来他哭着喊着找阿爸，阿爸反倒抽了他两个耳光，他就再也不敢阻止了。

陈天福好像替别人养儿子似的，对多多不抱也不亲，在外头那群女人面前趾高气扬，整天一副口袋里钱多得很输了也乐意的菩萨相，可回到家里对着叶美玲娘儿俩就横眉竖鼻摆臭脸，噘着嘴数落这数落那。多多每天醒来最烦恼棘手的问题就是如何避开他阿爸。经年累月，无时无刻不在想着要逃离南安。

02.

“看你一路上都不说话，怎么，触景生情啊，还是又想起哪个老情人了？”美惠悄悄把伞往边上挪开，雨水斜斜打湿到多多的肩上、脸上，他才回过神来。

“有你，哪还舍得找其他什么情人。”多多把脸靠过去，轻轻吐了口气。

“油嘴滑舌，我可不吃你这一套。”

“那你吃我哪一套啊？”多多放下箱子，撤出手来挠美惠的腰。

“哎哟，又来，再乱搞，我可让你淋雨自己走回去了。”

“投降投降……”多多双手顺势温柔地环抱住美惠的腰部，“好像有小肚子了，以前可没有那么明显。”

“哦……是吗？”美惠低着头欲言又止，迅速地扭到一边，把多多的手解开，加快步子走了起来。

“你还认得路吗？走那么急。”

“怎么认不得，我才走了没两年，这变化再大也不至于路修到天上去了呀！别啰唆啦，快走！”

多多刚要提起箱子，可轮子往外一滑，骨碌着整个躺进泥水里。

“全湿了。”多多蹲下去拎起提绳，手在水坑里摸索，“这是井盖？眼儿都给堵死了，怪不得没往下渗水。也不知道谁干的缺德事儿！”

“早堵上了，全街的下水道井盖都用水泥封起来了。”

多多扭头一看，是那幢熟悉而又破旧的百货大楼。

“为什么堵起来啊？”

“你难道不知道？”美惠把伞撑在他头上，习惯性地旋转着伞把儿，水花向四方洒去，在路灯下简直如舞女的裙摆，“你肯定知道！”试探性的口气变得理所应当。

“我怎么会知道？”多多若有所思，又故作轻松地笑着应付消解尴尬气氛，“走啦！”猛一提起箱子，闭起眼，站在这条中央大街上，那一瞬间，才真正感觉到自己回来了。

美惠的眼睛有意避开了这条街道上的任何物件，只盯着脚下的长路，想快步离开。

可即使她不说，多多也能想得到此刻她正想着什么。

怎么也忘不掉那个冬天吧。

大概是2002年，多多刚过完十二岁生日，南安出奇地冷，西江河上的凉气结成浓雾纹丝不动。小城还未陷入随后SARS病毒的惶恐之中，驶往城外的汽车总会在夜里开动。

“老陈啊，三缺一就等你了，快过来嘛！”天方黑，阮凤英就急忙忙站在门前向陈天福招手了。

“急什么急什么！”陈天福伸个懒腰，嘴里哈着臭气，一瞅见阮凤英的脸色，便提嗓子换了副语调，“马上好马上好！”

多多正趴在阁楼听着过往的喇叭声，哔——哔——长长连贯的一串，就像是航海时代发出远行的信号。可阮凤英那尖细刻薄的声音却插了进来，多多跑下楼去，探头探脑地，张口就问：“阿策怎么没来，他是不是在家啊？

我要去找他。”

“他晚上可没空，你自个儿玩儿去哦！”阮凤英边搭话边直勾勾地盯着陈天福使眼色，跺着脚，眼一个劲儿往门外挑。像是什么火烧眉毛的事儿，却又不便直说。

“他不是说好了要来找我吗？怎么又反悔了呢……”多多嘟囔着，阮凤英冲他尴尬一笑，心思全然不在，眼见陈天福把脸刮净，便凑上去推着他的后背疾走。

多多莫名其妙地站在原地，他去找阿妈，阿妈也不见踪影。跑上跑下，木质楼梯咯吱响着像台老旧的唱片机，而那堵墙面的背后，似乎有人正循着节奏起舞。

叶美玲又被天宝拖进房间去了——多多这才意识到。他一屁股坐在地上，有些忧伤。以前阿妈安慰他说不打紧，他还能抱住阿妈苦笑。可最近学校里都在传傻子叔叔才是多多的亲爸。多多语塞，辩解不来，又不敢回家询问。他只好找阿策，阿策也搞不懂。他们两个就提着一只破旧的收音机一直沿着河堤走。偶尔能听到吱吱吱的电流声，手忙脚乱地调频，叽里呱啦的语言，或许是越南那里投放过来的，又或许这个喇叭本来就骗人。多多搞不懂，也什么都不想懂，他想想就头疼，好多个小人儿在脑袋里打架，眼皮里叠加着块状乌黑，密密麻麻的，压得人喘不过气来。

墙后的动静大得恼人。多多站起来耳朵贴着门缝听，听见叔叔的口水已经流到阿妈的乳头。他打了个寒战，抿着嘴唇，并起两条腿，有些无奈地跳下台阶，一级两级三级，直到平地上，他才迈开步子走，确定了胸前挂着家里那把钥匙，他合上门，想去找阿策。他烦恼的时候见到阿策一切就会开心了。可走到隔壁阿策家的小楼，却黑着灯。他敲了几下门，又站在窗子前眯起眼往缝里瞅，阿策阿策地叫唤，却空无一人。阿爸和阮凤英哪儿去了？多多心想，刚刚不是还说要打麻将吗，怎么这会儿连半个人影也没有？

全都骗人！他嘟囔着，泄了气，只好一个人沿着街，循着头顶的圆月亮走。

脚下是阿妈为他新买的黑色小皮鞋，油亮亮的，映着月影。他拍拍裤腿，卡其色灯芯绒裤沾了灰尘在月光下特别明显。拍灰的声音传出去又荡回来，实在静得出奇。

南安最热闹的中央大街、沿街而建的百货大楼，夜晚不过七八点就已人去楼空。百货大楼的西边是一个很大的菜市场。此时也早已收拾一空。可无论怎么收拾，让人站在大老远，还是一吸气就能闻出哪个方向上是菜市场。

腐蔬浊肉堆积成山，散发出难以想象的臭气。下水道的粪便，柱子底的臊尿，鼠蚁的尸骸，从死鱼肚里挖出来猩红的肺片，屠夫满手满身臭掉的血。置身于此，仿佛从天上地下四面八方涌过来的臭，混合得让人头晕目眩无法分辨。

这味道是酝酿已久的，几十年前这里就是个坟地，层层白骨垒起来，死肉一块连着一块。刨土填坑，蛆虫却不停地往上爬，密密麻麻携带着恶臭。后来建成学校，可楼还没建好，就被一场大火烧成了废墟。直至改建成菜市场，这里的味道就更诡异了。

多多一点也不喜欢往这里走。这里像是一个巨大的公墓，比南安任何一个地方都要阴郁寒冷。多多走路晃荡而慢，他喜欢沿着马路边缘直直地走，像个不倒翁，又像是被牵线的人偶。风灌进他的领子和袖口，他的小脸一吹就通红，手脚冰冰冷冷的。可他从来都是执拗着不肯多穿衣裤，只一件薄薄的单衣就往冬日的大街上跑。

他倒是常听阿爸说起北方下雪的样子。他没见过，只听也不大想象得出来。阿爸说，就像是黑白电视里的雪花点那样，满屏幕的颗粒和漫天的雪花是一样的。多多想若下雪一定就是年轻人戴上了老花镜那样，晕眩打晃，什么都看不清楚了。

路灯修建得很分散，所以往往要走上好长一段路才能看到一点儿微弱的灯光。飞虫都绕着灯泡旋转，时不时用血肉之躯撞击进入，却因温度过高而通通“啪”的一声坠落陨亡。多多站在灯柱下仰头张望，身后地面的影子细瘦而长。

哐当。

声音从垃圾堆那边传来。多多迅速转动脖子，送去目光，可灯盏照及的范围太小，马路对面的街区看得并不清楚。他猜想大概是老鼠。好奇之心驱使他再走近一些，而刚刚瓶罐碰撞的声音却如同按了暂停键卡住的磁带。

竟是个小姑娘。搓搓眼隐约能看清轮廓。风把她的衣服吹鼓起来，像一颗红色的灯笼椒。

“会不会是灯笼椒姑娘。”多多咯咯笑着，想起课堂上老师说的《聊斋》，穷秀才遇到善良妖怪。他一点儿不担心，反而大大方方走到小姑娘跟前。

凑近了些，才看到她正在垃圾堆里翻找食物，双手因为刚刚被惊吓而僵住，两眼恐惧而充满防备地注视着多多。

“你……”多多一发问，小姑娘就紧张地往后退缩起来，她想往一侧跑，可才迈开步子，就饿得跌倒。

整个人虚弱地蜷缩在水泥地上。对面的灯光恰好映着她那张孱弱的脸，下巴削得过分尖，两颊的肉往里缩减，眼神惶然惊骇，四处打晃，找不到安全的落点。

她挣扎着爬起来。多多有些害羞地伸过去一只手，可当他靠得更近的时候，看到小姑娘的眼睛，反而更坚定了。

“你疼不疼？”多多吐着舌头发问。

小姑娘握住多多的手站起来，愣了一小会儿才反应过来，摇头。

她浑身上下沾满了泥灰，原本就破烂的衣服也因此而更显窘迫。多多望向她，她却有意避开，盯着多多月光下发亮的黑皮鞋。

“是不是饿了？”

这一次她的摇头显得有些迟疑。但多多似乎捕捉到了什么，会心一笑，从口袋里摸出糖果，友好地递出去。

仍旧不肯接受。

多多有些苦恼。他并不清楚对方发生了什么，他只是可怜她，但她却一直表现出一种令人百思不得其解的抗拒。

他决意再试试，于是走得更近了些，小姑娘却躲闪着后退。

“那我自己吃咯。”他说完就剥开糖纸，把圆颗粒放进嘴里含住，故意发出“啧啧啧”吸吮得诱人的声音。“你要不要也吃？”多多眯起眼冲她笑。

她还是不肯接，但并没有表现出拒绝，多多看得出她心绪游移不定，便更靠近了些，把糖直接塞进她的手掌心。

小姑娘捏着糖，犹豫着，怀疑地看了多多一眼，有些难为情，又猛地闭上眼，迅速地剥了纸往嘴里塞去。

很甜，她皱眉的表情想掩饰住味觉上的欣喜。

“不如我陪你坐在这里聊会儿天啊！”多多拉住她一起挨着柱子坐下来。开始时还有些尴尬，可多多从地上抓了一把泥沙也往自己脸上抹去，嘴里叨咕着：“现在我也和你一样了吧！”小姑娘就忍不住笑出来了。他看着她明澈如水的双眼，好像看到了月亮。那一刻他突然觉得美好。不是那种具体而微的美，而是一个瞬间，感觉到身边一切都刚刚好，不多也不少。

他们开始聊起了天。事实上只有多多一个人在滔滔不绝。无论说到什么有趣的事情，小姑娘都只是摇头或者点头。

“你不会说话？”这样问起来总归有些难为情。

她愣在那里不知所措，又背过脸去一连点了好几下头。

他有些惴惴不安，想安慰却又无从开口。

“不如你去我家吧！”

小姑娘惊诧地看了多多一眼。

“外面那么冷，你又自己一个人，好危险的，去我那里，我有自己的一个大房间，还有好多好吃的，嘿嘿！”多多兴奋地眨眨眼。

见她沉默，多多便主动握住她冰冷的小手，攥得很紧，一点儿也不愿意松开。其实什么也没有想好，甚至不知道回去了怎么跟阿爸阿妈交差。可那又怎么样呢？多多只想快一点儿走，快一点儿离开这个阴冷肮脏的菜市场。

大概是因为饥饿，她好像也并不怎么抗拒了。

到家的时间比来时更短。小姑娘站在门口看这幢红砖小楼。

“好冷啊。”多多把冰凉的手贴着暖和的肚皮。

推开门，把头探进去，没有什么动静。

“快跟我上楼吧。”他挽着她的手飞快地往阁楼上跑去。她的眼睛向四周转动打探着陌生的空间。台阶由下至上越发地窄，两边砌着矮矮的扶手墙，上边嵌了生铁扶手，抹了一层疙瘩绿的涂漆。阁楼的木头小门虚掩着。矮几上有一颗圆滚滚的大柚子。天窗开着，浓雾还没散，月光吃力地渗进来，朦胧的月影，像柚子一样圆滚滚。多多使劲儿剥开了厚皮，香气就弥散开了。她坐在床边，不时用手碰碰这张软绵的床，按下去竟可弹起来。

这是间加盖的阁楼，下面两层还是红砖砌起来的，而阁楼则全是用木板来隔开，有淡淡的加利树的气味，头顶的天花板即是屋顶，斜斜的，个子高的人没办法通行。

多多把柚子递过去给她，她总是要犹豫一下，冲他点了头，才咬下去一小口。即使是已经饿到不行了，她吃起东西来仍旧是那么斯斯文文。

“好吃吗？”

她刚想点头，却还是忍不住打了个喷嚏。

“你是不是冷？”多多边说边掀开柜子给她找厚衣服。

叶美玲鞋跟敲击着楼梯的声音一下子就传到了阁楼。她正往这儿走。多多敏锐的耳朵一听见就慌了神：“你躲那儿，不不不，那里，床下，哎呀，不行……”还没找到地方让小姑娘藏起来，阿妈就推开了门。

她一抬眼就看到了小姑娘坐在多多床边哆哆嗦嗦，两人面面相觑。“阿妈！”多多手忙脚乱地走过去跳在小姑娘面前，以为这样来得及遮挡住她。

“她是……”叶美玲的发问让他答不出话，“是你同学？”

多多只好老老实实向阿妈坦白。

整个过程，多多多少有些胆战心惊，但叶美玲一直点头，耐心听多多讲完，保持着庄重的微笑。她就坐在阁楼的小木门槛边，示意小姑娘过来，温柔地帮她理顺头发。

“你知不知道她叫什么名字？或者家在什么地方？”

多多摇摇头，表示一概不知。

“你真的想把她留下来？”叶美玲笑起来的时候两撇细细的眉毛亦往两边低落，眼角有几痕鱼尾纹，不细看也并不明显。

多多使劲儿地点头。

叶美玲想了想，小声地说：“这事儿肯定是得跟你阿爸商量的，不过以后别人问起，你得说她是你表妹，至于名字，先和我姓叶，叫……叫美惠怎么样？”

“美惠！美惠！”多多兴奋地冲她叫着，他没想到阿妈竟然会同意得那么爽快。有了新名字的美惠此刻也总算露出了一个勉强的笑。

柚子的清香和加利树的气味此刻又重新回归到嗅觉中，深吸一口气，让人心神松弛下来。

母亲从胸前的暗袋里拔出一支银簪把自己的头发盘起来，她要带着美惠下楼去洗澡。

“你可不许跟过来。”母亲用手指点了一下多多的鼻尖，让他不得靠近。他愣愣地点头。

楼下的洗浴房先前就烧了热水，叶美玲盛下一盆，拉上了帘子，让美惠光脚踏进屏风里来。她要给美惠洗澡，美惠摇头，可她耐心地帮美惠解下衣裤，美惠也并没有做反抗。

大抵母亲的温柔总是让人无法拒绝吧。

褪去衣裤的美惠身体竟如此细瘦。骨头衔接的痕迹明显地在皱巴巴的皮肤上显现出来。叶美玲心疼得咬着嘴唇。她取来香皂，涂抹在美惠身上，像是在擦拭玻璃，坚硬透明，可以看到青红的血管。

待用温水洗净脸上的沙泥，叶美玲才看清楚美惠的模样。倒也不像是这里的人，眼睛轮廓，都与众人不似。她想问她是从哪儿过来的，却忽然记起来她是个哑巴。

“可惜是个哑巴哦，长得那么标致。”

美惠的脸苍白得很，因为瘦，颧骨都凸显出来了，两只眼睛深邃凹陷，整个人有气无力的，连屁股都捏不出一小块肉。

用毛巾在帮美惠擦干身体的时候叶美玲的目光忽然停驻在了某个部位。小腹往下两截手指长处有一洼被风裁剪过短短齐齐的黛绿色青苔。她的牙齿紧闭着，下面却隐秘地透露出生长的狂野。

“已经开始发育了哦。”叶美玲眯起眼睛笑了，很自然地伸过手去轻抚美惠那里。美惠羞赧地想避开，却被叶美玲柔软的手指抚摸得舒服起来。

“很快就要长成大姑娘了呢。”她站起来，把多多以前穿过的干净衣裤递给美惠。

直到此刻美惠才觉得松了一口气。屋子里水汽腾腾往上蹿，镜子和玻璃都模糊着。

一股烟味从门缝飘飞进来，多多就知道是陈天福回来了。

他外套上沾了露水，头发也有些潮。身上有一股莫名的烧焦的气味。“上哪儿去了，回来这么晚？”叶美玲接过他的大衣。叔叔不知什么时候突然出现，紧跟在她身后。

"天宝哦！"他把叶美玲的话当作耳旁风，丝毫不理，一眼就看到叔叔的上衣歪歪扭扭的，裤子拉链都没拉好，头发乱糟糟的还淌着汗，不用猜也知道是和叶美玲刚从床上下来不久，"刚才哥不在，你又和美玲玩游戏了吧！"

叔叔忸怩地点头，嘟着嘴舌头伸长做鬼脸。陈天福呵呵笑："你这么会逗人乐，还娶不上老婆，这些女人一个个眼睛都长屁股上了。等过两年哥再给你买个漂亮媳妇儿，你就先和美玲玩，美玲也漂亮！"他摸着叔叔的脑袋。

阿爸和叔叔长得一点儿都不像。阿爸瘦矮，叔叔却高大肥胖。两个人并排站在一起显得滑稽可笑。

叶美玲边帮陈天福挂衣服，边把美惠从屏风后面叫出来。多多则绕到楼梯处佯装刚刚下楼。

"阿爸。"多多叫了他一声，他有些不耐烦地用鼻腔哼着气示意听到了。

"天福啊，有事情得和你商量商量……"

父亲一回头就见着眼前忽然冒出个美惠。他从口袋里又拿出一支烟咬在嘴里，让母亲帮忙点上。

"说。"他一个多余的字也不肯浪费。

"多多带回来一个小姑娘，可惜是个哑巴……"

"哑巴？"父亲眉头一皱，往母亲脸上吐了一口烟气。他的眼睛盯着美惠细瞅。

"多多想留她，我看难得多多肯和别人张口说话……"

"和一个哑巴说话？呵！你儿子有点儿意思嘛！"他总是冲多多母亲说你儿子你儿子的，好像多多不是他儿子一样。

"那要不就让她先留下？"

“我可养不起！”父亲提高了声调，吓得美惠往后退却。

“阿爸！”多多急切地脱口而出，叶美玲赶忙拦住他。

她有些心惊肉跳，生怕把陈天福惹怒了，也不知如何是好。转念想到了什么，颔首低眉走上前，凑着陈天福耳朵私语，陈天福又看了美惠一眼，眼睛狡猾地回转了一轮，不住地点头，怡然地用鼻子吐出一个个小烟圈……

叶美玲走过来把他们都领上阁楼，紧张的情绪才得以松懈下来。多多悄悄问她刚刚和陈天福说了些什么，可她只冲多多做了个手势，让他不要多问。

这场交易就那么悄无声息地在背地里进行了，多多当然不知道是他一开始就把美惠推往了万丈深渊。

03.

脚下是什么，两人彼此都心知肚明。多多不愿旧事重提，美惠当然也想抹掉这段记忆。行李箱的滑轮在坑洼的地上反倒是阻碍。拉杆转为提箱，动作完成得不声不响。

雨水几乎要没过鞋跟，人们匆匆封堵了一大半旧井盖，却还是有新沟渠不断被修建出来。总有可以渗水的地方，也总有水往上溢出的时候。

哪家马桶一冲水，就会从管子一路冲入下水道，和废弃物一同排走的还有秘密和流言。人们以为污水可以稀释它，泥土能将其埋葬。于是心安理得地踩踏在空心地面上。

圆形的井盖像什么？一块充饥的大饼、滚滚车轮，还是流通于千万人手中的硬币？

在阿策向多多确证之前，他从来没有注意过每天行走其上的这个井盖。尽管阿策早先就同他提及多次，但空口无凭，他只当是天方夜谭。

可就在美惠入住多多家后的第二天，阿策终于还是紧张兮兮地找了过来。他连话都说不利索了，却非要带多多去中央大街上的百货大楼。趁着叶美玲带美惠剪头的当儿，多多才勉强答应下来。

路上有两排长长的扁桃树，冬天不结果子，树叶绿稠稠的。夏日经过树底总是挑着浓密的枝叶下走，对阳光避而不见；一入冬，却巴不得阳光都落在脸颊上晒得暖暖和和。

阿策的步伐迈得大走得快，多多要很努力甚至带着小跑才能跟上。阿策就时不时回头冲多多呵笑："让你腿长那么短！"

多多别过脸不理会，阿策便从裤兜里伸出一只温热的手拽着他继续飞快地往前跑。

虽然阿策嘴巴上是骂骂咧咧的，可心里哪舍得这个邻家小弟遭受一点儿委屈。算起来多多还比阿策大足了半岁呢，可阿策仗着自己从小就比多多高大，就故意管多多叫弟弟。

多多虽然心不甘情不愿，可拗不过，也只得随他那么叫了。

"那个地方到底有什么好耍头？"

一路上无论多多怎么重复，阿策都还是卖着关子闭口不提。直到两个人站在百货大楼后面，阿策才激动地大呼："到了到了！"

他拉着多多蹲在一个下水道井盖前。正午的太阳晒得人晕晃晃的。

"井盖有什么好看的！"多多嘟囔着。

"别着急嘛！"阿策深吸一口气，铆足了劲儿要挪开这个沉沉的井盖。

多多也瞪大眼珠子目不转睛地盯着阿策。

"啊，这是什么？"阿策怎么也挪不动，他把头垂下来贴着地才发现井盖下面挂了锁头。

"怎么这样子！"多多也泄了气，用一种半信半疑的表情凝视着阿策。

"昨晚明明你阿爸他一挪就挪开的，哎呀……"

"我阿爸？"多多惊讶地叫出来，"他来这里干吗？"

"我阿妈要他过来帮忙。太不可思议了，下面居然能住人！"阿策想起来就一身鸡皮疙瘩。

“又开始吹牛皮了！”

“骗你是小狗！”

“那也一定是只哈巴狗！”

“不信你自己问你阿爸去。”阿策叉腰挺着胸脯，信誓旦旦。

“我才不要问。”多多垂头丧气的，但还是屈膝半蹲把耳朵低下来贴着井盖。

除了水流，似乎的确是有什么不寻常的声音。

咚！咚！咚！

阿策在井盖上连续上下用力蹦跳了三次。

“你干什么呀！”多多吓得把头迅速抬起来。

“嘘！”阿策一跳完就蹲下来把耳朵也贴着井盖，“多多你听……”

“有人！有人！”多多用手指掏了掏耳洞又继续贴着听。果真是有人的声音，尖尖细细的，还不止一个。

“我没骗你吧！”阿策把多多扶起来站稳。

“可是……”

“要是能把这个锁撬开就看得一清二楚了。”

“怎么可能！”多多说完又蹲下去摸了一下锁，摇摇头，“你昨天晚上到底看到什么了？”

“阿妈不让说……”

“连我都不许说哦。”

“……嗯……”

两人面面相觑，阿策被太阳晒出了汗珠，一抹额头，转身先走了，多多紧跟上去。

“只告诉我，我保证不说出去的嘛！”

“你怎么向我保证？”

“大不了……大不了我把家里那颗柚子给你咯！”

“什么柚子啊，我才不要……”

“那你想要什么？”

“嘘……”

“嗯？”

“……你！”

那天晚上陈天福爬梯从下水道里把春生的尸体扛出来。他用一帘卡其破布将女尸全身都包裹着。虽屏着气，但还是有一股腐臭的味道散发出来潜入鼻息里。春生的脸已经全是红肿的肉瘤了，每一颗肉瘤上又布满梅形花白星点。她是暴毙而亡的，眼珠子往外坠，悬挂着随时要跳出来似的。腹部似乎一戳就爆裂，鼓鼓的都是气。才三天没下来看，竟然就腐成这番模样。

阿策守着牛车，阮凤英把浓烈刺鼻的消毒水递下去，让里头的姑娘们喷洒。沉寂中忽然扯出一声凄厉的哭腔。春宁叫嚷着阮凤英的名字，可她丝毫不为所动。等陈天福拖出春生的尸体，阮凤英轰地一下就把井盖死死盖上。

阮凤英让阿策背过脸不许看，配合着陈天福把春生的尸体扛上车后的木板，用稻草遮盖起来。她边收拾着边自责：“哪晓得会这么严重，她先前只说是痒，我都给她买了皮膏了……”陈天福示意她打住，两个人默不作声，齐赶着牛车往西江河北段岸边走去，阿策则在身后放风。

西江城冬天不算冷，这里在北回归线以南，但夜里湿凉刺骨，尤其是近河岸处。

陈天福抽了根烟心才安稳了，他递给阮凤英一根，又转过头问阿策要不要，阿策兴奋地本想接过，阮凤英拦下来斥道：“哪能惯着他！”阿策便把伸出来的手缩回去。陈天福笑笑：“男娃学点儿坏，大了才好耍女人的嘛！哈哈！”他腾出一只手，从低处伸过去拧了一下阮凤英的屁股，阮凤英咯噔踮起脚，背过手扯扯褶起的裤子，又迅速地平复下来。

“姑娘们生意都好得很咯！”

“老样子，不见起色，勉强凑活。要都靠她们吃饭，我早喝西北风了。”阮凤英挎着腰扭起来，和两旁被风吹弯的树一般荡漾。

“林东还不回来？”

“也没给我个信儿啊，谁晓得死哪儿去了。”

“哈哈，他也不怕老婆跟别人跑咯！”

“跑哪儿不都还得给他盯着啊？”

阮凤英吸了一口烟，往肺里沉下去，不小心呛住，咳了两口，心虚起来，瞥了两眼板车草堆里春生露出的大腿。咽了口口水，紧跟着陈天福往前走。

处理起这种事情来，毕竟还是要有个男人在才踏实。陈天福有条不紊，纸钱、油料都备齐了。

他把牛车拴在河岸的大树墩上，让阿策给牛喂草，不得转头看。

两手握住春生的脚踝，猛地往下拖扯，离了十几米远才停歇，整个尸体平躺到泥地上来。陈天福利索地往尸体上灌满汽油，从头开始，眼耳口鼻，至咽喉至胸腔至下体。阮凤英想起来什么，让陈天福停住，她蹲下来侧着脸凭手胡乱摸着撩开春生的袖子，顿住，取下一个手镯，才心安理得地让陈天福点火。他从衣服口袋里掏出打火机，“嗖”地一下从脚跟往顶上燃起来。蓝色的火焰似剔透的玛瑙，黑烟腾腾，月亮也给烤熟了。

阿策偷偷扭过头来看，惊异得很。他问母亲那是什么，阮凤英冲过去捂住他的嘴和眼，站在阿策身后，看着这具尸体慢慢燃成焦炭，时而有爆裂声噼啪作响，她又挪手去捂住阿策耳朵。

空气里多了一股说不清的气味，沾满了衣裳和脸面，阮凤英的鼻子敏感，嗅得直恶心反胃。那气味牵拉着阮凤英的肠胃，打了死结，要把五脏六腑都扯出来。

04.

已经走到家门口了。可多多还是有些恍惚。眼前这栋红砖墙的小屋在雨夜中丝毫不显亲近，反而充斥着陌生的疏离感。

他没有立刻推开门进去，而是放下行李，往屋檐外退了两步探头眺向阿策家的方向。

“别看了，早不在里头了，不是和你说过很多次了吗？”

“我没别的意思，就是想看看。”说到底还是放不下，多多拿过美惠手里的雨伞忍不住要往那儿走。

“陈多多你给我站住！”美惠冒雨跑过去拉住多多，“他疯你也跟着疯，难道你也想和他一样疯疯癫癫地被关进精神病院？”这话说得一点儿也不近人情，尽管她正谈论的那个男人阿策是她前夫。

“哦，哦。”多多有些失落地叹气，字字句句都扎在他心上，雷声轰鸣，这下他才清醒。

有些事情美惠是早就告诉过他的。两年前当美惠从南安逃出来，在茫茫人海中找到多多，她就把南安的变故和自己的身世全然诉之于他了。

多多对于南安的记忆停留在了十七岁那年。他参加完阿策和美惠的喜宴，就一路北走，像货物一样被塞进卡车后厢，和几十个一样去往东兴转车的人在狭小的空间中相互推挤。

重逢时他已然决定装作不认识美惠，可一看到那张脸，心就动摇了。他听说了阿策的事情，可零零碎碎，有尾无头，也听说了南安的变化翻天覆地，老一辈的人像危房一样被拆得一干二净，新人如雨后春笋迅速地画地为营。

但他还抱以侥幸之心。

推开家门便试探地叫唤叶美玲，沉默良久，改口陈天福，仍无人应答。

美惠见怪不怪地收了伞也小步跨进来。她用手把头发顺过一侧淌水，地板也变得湿漉漉的。

“他们真不在……”多多抖了抖身上的水，行李搁置一旁，有种说不清的情绪。

突然间一阵咚咚咚沉闷而迅速的脚步声从里屋传出，笨拙地重击着地面，墙也摇晃起来。

一个光膀子的高大胖汉莽撞地朝多多奔过来。

他用厚实的胸膛将多多紧紧贴住，鼻涕唾液垂挂着滴落到多多的肩上，一身酸臭。

“叔叔？”多多使了很大劲儿才推开。

他抬头看了一眼胡子拉碴的叔叔，整个人皮肉垮垮塌塌地黏在那里，才松了口气。

“你还在这儿？那我阿爸阿妈呢？”多多说着又往楼上看去，没有任何动静。

“嘿嘿！”叔叔摇头晃脑的，“春宁要送饭过来了，春宁要送饭过来了……”

“春宁？”多多扭过头看了一眼美惠，这名字似乎很熟悉，但又想不起具体是谁。

“春生的妹妹。”

“那春生又是谁？”

“阮凤英的侄女。”

阮凤英三个字立刻让多多紧闭上了嘴巴。即使现在想起来，他都觉得心惊肉跳。抛开离乡后的事情不谈，这样一个女人，多多一心觉得她真是厉害。

说阮凤英厉害，也不是多多一人的印象，整个城北，人们提起阮凤英这个女人，除了厉害，恐怕找不到其他什么更恰当的形容词了。

和叶美玲被母亲逼迫着卖到中国来不同，阮凤英十二三岁就开始想方设法要出头。她生在越南北边，穷山恶水，可她不甘，想着一定要走远，一有机会就顺着杆子往上爬。直到她十九岁那年终于如愿以偿嫁到了中国来。她是腰上穿着一件苹果绿的小棉袄儿，脚下趿一双珊瑚红刺绣棉布鞋，独身孤苦伶仃半点家什也不带就缩在车厢里远渡而来的。大冬天的她额前稀稀的几根刘海儿却被浸得汗津津的，妆也花得凄凄惨惨。

她天生是旺夫命，原来嫁的那个北佬是在西江河南段的矿上做碎活儿的，可她太韧了，竟能拉着男人拼命往上爬，自己出来另立山头，攒下了最初的家业。

你到她那幢独栋小楼里看看，别人家地板不是红砖就是砌层薄薄的泥灰，可她单是一楼店堂里头就铺着打磨精巧的仿古木纹瓷砖地板，她常年遮蔽着帘子不扯开，只把窗子留条缝通气，厅面阴暗而宏敞。她在后院栽种朱槿花，有橙红云谲波诡的“日落”，也有小巧豆黄的“蝴蝶”。她生完阿策后就把日子过得更精致了。从越南和老挝交界拉过来上等的黄花梨木，客厅里全是木头家具。屋里弥散着一股黄花梨木淡淡的酸香味，饮酌三两杯自酿的米酒，适合午后的小酣。

多多记得阮凤英尤喜欢喝咖啡。在20世纪90年代整个城北没几户人家嗅过咖啡香气的时候，她就已经常常一面打麻将一面喝咖啡提神。她的那些咖啡袋大多是从越南带过来的，夏天时她喜欢往里面加上一两片切得薄薄的柠檬，再滴入两三滴的白兰地，以调和成自己熟悉的东南亚口味。那气味飘散到北段整排参差不齐的居户，柠檬咖啡的做法就这样流传开来了，到后来几乎不放柠檬大家就觉得这咖啡味道不对。

相比起阮凤英，多多的母亲叶美玲就显得老实多了，可她也并非只是那样一张白得无可书写的纸，她虽然在南安这里结婚生子，但心里还有一条缠连越南的细线怎么也剪不断，她有很多秘密，只是她很早就学会了把秘密和生活的苦难一并往肚子里吞咽下去。

“你说，我阿妈她有没有可能是回越南去了？”多多若有所思。

“你真以为这还是从前？她是走回去，还是爬回去啊？”美惠的语气多少让他有些不悦。

“可那么大一活人，也不可能说没了就没了啊。”

叔叔一眨眼又转到别处去了。多多心急，总觉得叶美玲一定在这屋子里留下了什么痕迹，他冲上楼去，恨不得把每个房间都翻遍。

美惠拉着行李箱靠墙而放，她倚在桌子旁松弛站立着，一点儿也不慌张着急，镇定自若地把手指插进被淋湿垂下的头发里反复摩挲，水珠沿着发丝滴落。

窗外的雨还细细密密地下着，亚热带季风气候不知什么时候把冬天也变成了漫长雨季。

多多想了几十种和叶美玲再度重逢时的场景，比如沉默寡言，比如相拥而泣，可他万万没想到自己要面对的是杳无音信、无迹可寻。

他下楼的时候从扶手那里斜视下去，看到美惠已经气定神闲地在卸妆了，她手里捧举着一枚银色镂雕的小镜映着自己的面容，用湿纸巾和棉布用力抹去唇膏。

“你是不是知道些什么？”多多的语气已经不是怀疑而几乎是肯定了。

“知道的也早都告诉你了。”美惠颇有些不耐烦，把纸巾揉起来扔进垃圾桶，“快收了行李上楼去吧，这车上上下下，颠得我都困了。”她打了个哈欠，把镜子往皮包里收拾，领着多多叔叔往他房里走。叔叔像只苍老的黑熊，两条腿尽管已经瘦得像腊肉，可上面的肉垂赘下来却包裹了他的整个腰身，腋下、四肢的气味浓得如放坏的食物，美惠掐着鼻子走。

多多苦恼地把屋门掩紧，他总觉得有什么不对劲，美惠一定瞒着他什么，但他现在还理不清头绪，只好硬着头皮把行李都提起来往阁楼走。

和从前没什么区别，越往上楼道越窄，要弯下腰才能钻进这小阁楼里。行李搁置一边，多多脱了鞋，把被雨水浸湿的袜子摊开并排放在门边，似两具泡得浮肿的死尸，他又捏起袜子把水都拧出来了再放回原位，水顺着门往楼梯流，细细的，几乎看不出痕迹。他就那么光脚盘坐在床边地板上，推开了一扇木窗，卡得有些紧了，稍用力些才开出小口，雨丝往另一个方向飞，并未溅进来。冷风吹，多多却反觉得舒畅。就像他小时候喜欢冬天只穿一件薄薄的单衣走在大街上，他总是嘲笑阿策穿棉裤、厚外套，像只笨笨的北极熊。

从窗子往外看出去是阿策他们家的小楼。除却一楼从不点灯，二楼往上都通明着，多多似乎记起美惠告诉过他有人接替阮凤英住了进去。离开不过七年，连房屋都换了主人。

身后有脚步声，是美惠。

“我刚去厨房看，菜叶都发烂了，什么吃的也没有，在柜子那儿翻出一罐蜂蜜，闻了一下应该还不坏。”美惠端着一杯蜂蜜水也盘坐在多多身边。她把头盘了发髻，梳得齐齐整整，轻吹着气，等水稍凉了才递过去。

多多伸手帮美惠把鬓角散落的几缕头发别过耳后，他看着美惠的脸，想到自己从前帮母亲拔白头发。那时候叶美玲不过三十出头，不烫不染，却不知怎么生出些许白发。多多拔一根就能拿到一角钱。而他每次给叶美玲拔完白发，都自作主张地用胶箍在上面盘弄一番。叶美玲也不急不气，她就看着镜子里面的自己被多多装扮得奇形怪状。或是头顶竖起了一根天线，或是后脑勺儿绑出十几条的麻花辫，或是额头上多了一个花圈。一想到这些，多多就忍不住笑出来。

“你笑什么？”美惠莫名地看着他。

“没，没有。”他拿起水猛地往嘴里灌进去一口，把杯子放在地上，用手把美惠搂进胸口。

05.

加利树的气味一呼吸就能嗅到。

多多、美惠都侧着身子睡，他们背部相抵，多多朝着窗口。床太小了，腿脚都是蜷缩着的，棉被潮潮的有一股霉味，空气中飘浮着灰尘。

就像从前那样，美惠一躺下就开始梦呓。起初是如婴孩啼哭般咿咿呀呀，紧接着整个人就开始自说自话，神游太虚。

那个时候美惠刚住进来，躺在床下地板的垫子上，喉咙发出断续低号，手脚击打着地面，像是在挣扎，整个身子翻来覆去，眼睛却是紧闭着。惴惴不安的情绪像层薄纱笼住她的身体，越缠越紧，脸和骨头都要扭曲了。似海浪拍击着胸口，潮水牵拉她的长发，恐惧让身体漏了一个洞，揪着她一同沉坠。

蒙昽中多多惊醒，半眯着眼顾盼四周，见只是美惠翻身，便又倒头大睡过去。

直到一周后，多多才开始清楚听到美惠梦中发出的声音。他惊异地趴在床上瞪大眼睛，看挥舞着手臂的美惠做着滑翔的动作，嘴里不停念叨着奇怪的语言——肯定不是汉语，也绝对不是多多熟悉的周围其他民族或是越南话的发音。

“你不是哑巴，为什么要骗我呢？”多多突如其来的话让正在嚼食面包干的美惠当场愣住。早晨的阳光从窗台透进来映在美惠惶恐不安的脸上，百叶窗的纹路清晰可见。

她不发一言，低着头继续咀嚼。

“我都听到好几次了，你一睡着就开始说梦话！”多多的表情严肃地嘟囔着。

她依旧不语。

“你要是不说，我就去告诉阿爸阿妈了！骗子！骗子！”多多刚要站起来，美惠就猛扑过去抱住他的腿，一个劲儿地摇头，轻声哀求：“哈吉玛（注：不要走）！不要走！你不要走！我不是骗子！”

“美惠！”听到声音，多多紧绷的脸立刻变得温暖柔和，一改刚才强硬的态度，挠挠头，笑着说，“原来你真会说话！”

他目不转睛地盯着美惠细瞅，像是发现了什么新奇物件。

“但是你之前为什么要装作哑巴呢？”见美惠犹豫不决，多多立刻补了句，“你告诉我，我不会说出去的，拉钩，这是我们两个人的秘密！”他伸出小拇指，眼神真挚，美惠感到疑惑，多多便握住她的手，小拇指缠绕一起，仪式完成。

“现在你得告诉我了吧！”多多嘟起嘴，渴求地等待着，心里激动不已。

“我不是故意骗你的。是我母亲，她不让我说话……”美惠喘了口气，小心翼翼，“她说要是不小心分开，就要装作哑巴。马眼才是骗子，他骗光了我母亲的钱，是马眼……”

“马眼？”

美惠突然不说了，她紧张得抠着手指，几乎要把指甲盖儿刮出血来。

“是马眼把你骗到这里来的吗，你阿妈呢？还有……你阿爸？”

“我不知道，我什么都不知道，我努力跑啊跑，好饿好饿……”

“不然我告诉阿妈，让她帮你找，你阿妈，还有，那个什么马眼！”

“不要！不要！求你，千万别说出去！我害怕！”

多多不由自主地被她的情绪所感染，也悲伤起来：“我不说我不说，我保证不让其他人知道。”尽管仍旧好奇，可他没有再继续追问，他想保护美惠，这是他第一次有了想要努力去保护一个人的感觉。

这么多年过去了，美惠还是一如既往在入睡时止不住地梦呓。

她一闭上眼睛就会陷入一个循环往复的相同的梦。梦里她泅渡至大河的中心，却忽然被猛地吸卷进水涡里，周围的芦苇丛高得参天逼人，铅云沉沉向她重压而来，暗淡无光，胸口被堵住了吸不上气。一声枪响，身体又被暗流撕扯成波浪，殷红色铺张在视网膜前，不断地向头部中心追近，父亲在叫唤，忽而消声，母亲如薄纸片被冲刷到岸上，巨浪屏障让她们相隔两端。她击打着水花，可愈挣扎愈深陷，莫名之物缠绕住她的双腿直直往下拉扯，欲呼号却控制不了嘴，滔天浪花顿时又变成千万只眼睛、千万片的碎玻璃，密密麻麻地映着她苍白的脸，密集地监视着，像是一场无休止的逃亡，她不停地被吸进旋涡中去，反反复复，永无止境……

雨夜漫长，淅沥的声音像顽皮的小孩在琴键上逐个按遍乐此不疲。一夜难眠，多多也和美惠一样翻来覆去。他听到她沉重的呼吸，看她眉头紧皱，从早到晚，无一刻松懈。身体里包裹着太多的秘密，他很想去分担，却无能为力。没有什么是可以感同身受的，尤其是梦。

他转过身想搂住她，瞥见她的侧脸，忽然觉得心疼。岁月刺扎着人心，一边结痂一边变得越发地坚硬。心如磐石无转移，哪里是说坚贞不渝的，在多多看来，不过是骗得人铁石心肠罢了。

呼吸渐缓，大概是从梦中解脱出来了。美惠翻过身柔软地环抱住多多，风在窗外打旋，手反复摩挲着多多的肩膀，最后停留在后背。

“你就不怕我告诉所有人吗？”

“你醒了？”多多轻轻发问。

美惠没有回答，只是挣扎着把他抱得更紧。

“难道你还不明白吗，阿策，我需要的不是你的同情！”她笑得令人诧异。

“阿策？”多多没有把她摇醒，而是冷静克制地让她继续抱住。

“什么红木箱子，骗子，全是骗子……”她突然猛松开手，在空中奋力挥舞着，大喊，“你就该淹死在那里……深潭，对，让一切都在那里结束！”

美惠的声音里带着哭腔。听到“深潭”两个字，多多不禁倒吸一口冷气，他试图追问，可美惠闭着眼，大口呼吸着，像条搁浅的游鱼，迷迷糊糊地猛抱住多多，又陷入另一个梦境。

06.

守园子的吴爷爷在多多和阿策九岁那年就告诉了他们关于池塘贯通潭水的秘密——

“只有冬天雨下到大得看不清人影，箱子才会浮出来啊！”

每次快过年的时候他们都会跑去问吴爷爷，这雨够不够大，可每回得到的答案都是今年又看不到了。

“你们也别丧气嘛，我这么大的岁数，一辈子也就看到过两次。一次是20世纪60年代，尸体从潭水那里浮出来，全是猩红的血水，被大雨给冲到岸上。咳，就在那些浮尸堆中夹有一个红木箱子，可谁也不敢游过去取，那个时候我也才二十岁。还有一次，20世纪90年代末，快要过元宵了，收音机里说是哪个领导人去世了，整个天空乌云密布，全县的人，老老小小，都蹲在岸上哭，哗啦啦地下雨，那红木箱子就自己浮上来了。那会儿你们多大？七岁是不是？可惜你们没看到，不过也不用着急，我是不一定能看着了，你们肯定有机会再看到的！”

吴爷爷叙述起往事时总会眉飞色舞，他从小就是在这个园林长大的，对里头的一草一木、一石一水都熟悉得很。园林本来是民国时桂系大军阀陆荣廷的私家花园，吴爷爷祖上是军医，跟着陆家的军队跑，后来整个部队都收归了国民党，有的被拆到昆明西南大后方抗日去了，而他们家那一支则留在广西，1949年的时候随国民党逃去了台湾，吴爷爷的父亲本来是最后一批要撤退的，但没走成，就缴枪投降了，把园林的密道地图都交代上去明哲保身。

他们一家被安排住在园林里看守。

后来大炼钢铁的时候要伐了里头的树木，吴爷爷的父亲费了很大劲儿才保住里头最老的一批树，其余的都叫人伐了去。至于红木箱子的秘密，其实是人尽皆知了，但真正看到过的也没有几个。

当年日本鬼子打过来的时候，县里的商贾们将自己的家底全都装进箱子里丢到园林里的池底，金条和珠宝塞得满满当当的几十个箱子。新中国成立后，曾派一支训练有素的水兵下去探，这才发现了池塘和方圆十几里外的深潭是贯通着的秘密，但潭水向来是没人敢潜下去的，最深处有两百来米，除非是机器作业，否则单依靠人力想把箱子打捞上来简直是天方夜谭。虽然觊觎这些财宝的人很多，但谁也没辙，于是这事儿跟进了几年就歇影了，总想着反正财宝也都沉在水底跑不了。

20 世纪 70 年代末园林又被改造成少年宫，90 年代办起了培训班，就逐渐热闹了起来。

多多是陪母亲去上香的时候跑去少年宫那里玩耍的，他和阿策两个人，提着叶美玲前一天备好的春卷，一大早就跟随着到了寺庙。每年正月初二、初六、十五这三天，阿策阿妈阮凤英都和叶美玲结伴而行，非要多多和阿策两个人先朝菩萨拜拜才给他们放行。挨着寺庙的便是少年宫了。每次拜完，阿策便拉着多多的小手飞快地往少年宫跑。

少年宫像是一个巨大的迷宫，踏进去，就要绕好长一段才走得出来。

那栋苏联式的红色二层小楼是新中国刚成立的时候砌的，吴爷爷就住在一楼最右边的房间，旁边挨着山洞和池塘。看起来像是座假山，但里头是溶洞，滴水成冰，深不可测。打仗的时候这里会用作防空洞，下面连通的地道只有吴爷爷走得清楚。

园林的后头能看到连绵的群山，那就是和越南交界的边境线了，没什么人敢往那里走，地下山脚还有没拆尽的地雷，是自卫反击战的时候埋下的了，八九十年代死过好几次人，都是外地来不听劝私自爬上山去偷伐树木的北佬。后来有人摸清了道，铤而走险，踏过焦煳的尸体经此路走私和贩毒，边防警卫也不敢到这里来缉拿，久而久之就成了条要道。

多多喜欢那栋苏联红楼，尤其是站在二层扶着栏杆看风景。

中午饿了就把提在手上的篮子摊开来，叶美玲包的春卷是传统的越南味道，用料十足，单是米浆薄皮就筹备了一上午，馅儿是从东兴海港拉来的鲜虾仁匀上剁碎的本地山猪肉，蔬菜是少不了的，最点睛的部分是浸了柠檬汁水。和阮凤英的咖啡有异曲同工之妙，这酸酸鲜鲜的味道一出来，街头巷尾又要在自己厨房里偷摸学着做起来。

就是因为这股气味他们结识了吴爷爷。吴爷爷直呼“顶香啊”循味而至，看到了这两个小毛孩儿正在饕餮美餐，便笑得一捋胡子。

他给多多和阿策讲故事，从 50 年代讲到 80 年代，县里的奇闻逸事，吴爷爷简直了如指掌。而他们最感兴趣的，就是有关红木箱子的故事了。那个深潭他们没见过，是在城郊乡镇的中心，接的是西江水，贯通至归春河。

阿策听着吴爷爷的描述激动得浑身发痒，他们都是从小在水边长大的，阿策自认是这一带孩子里头水性最好的，能憋着气一连游个几十米，他也想跳到深潭里头去捞红木箱子，可一听到那个深潭有两百多米，就又退却了，想着还要等自己再长上几年，才可以把箱子捞上来。

吴爷爷打量着阿策的胳膊和双腿，哆哆嗦嗦地从口袋里拿出一支烟，醉眼迷离，他看着阿策，笑得眼睛都眯起来了，说："来来，你跟我进来，我摸摸你骨头，看看你能不能长得高大威猛，够力气把红木箱子捞起来，哈哈！"他打发多多在一旁吃着春卷，便领着阿策走进房间里。

"你也想吸一口？"他把夹在手上的烟塞进阿策嘴里，呛得他咳嗽，可他还要抽，吴爷爷咯咯笑着关上房门，直到多多吃完了春卷打着饱嗝不耐烦地催促，他才磨磨蹭蹭地又把阿策领出来。

阿策的脸红得厉害，额头竟还发了烫，一改来时的大胆直率，反显得畏首畏尾起来。

吴爷爷抽着烟，眼睛又瞄向多多，阿策下意识地提紧裤子腰带，裆里热乎乎的，急着想把多多拉走，可多多并不知道发生了什么，闹着要和吴爷爷拉钩，若是能见着红木箱子浮起来，定要带他们过去一睹为快。

吴爷爷摸了摸多多的头，然后瞟了阿策一眼，严厉得叫人生怯。

回去的路上多多一个劲儿地追问，反倒惹恼了阿策。他跑到路边稻草堆撒了一泡尿，漂亮的弧线喷得老远，悬着的心才平复下来。

和吴爷爷的这个约定业已过去多年，但都不曾看见，小孩子的期望总是这样一年随着一年衰减，直到美惠来到多多家后那个冬天，连续下着瓢泼大雨，涨水涨得厉害，污泥都要汇到家门口了，才叫他们又重新满怀期待。

少年宫里还有一个禁地是他们从来没有踏进去过的。那是一个像城堡一样的圆顶建筑，伊斯兰风格，虽然也并不高，只有三层，但因为地势是往下走的，很隐蔽，非得凑近了站在台阶上才看得到。那地方被钢丝栅栏围起来，冷冷清清，只有成群的乌鸦和麻雀会往那里扑飞。

吴爷爷告诉他们那地方是精神病院。他们不知道什么是精神病，吴爷爷便说，是关疯子的地方。不过到 20 世纪 90 年代末期，那里已经没多少人了，因为在城南那里专门辟了块地盖了个更完善更大的精神病院。说起来少年宫里这精神病院早些时候并不是关精神病人的，是用来安置从归国华侨的，后来这批华侨都转道广东去了香港，这个圆顶建筑就荒废了很长一阵子。直到有几年镇上特别热闹，这个宽阔的建筑又摇身一变成了政治犯的关押地。关到 70 年代末，这些人基本也都疯疯癫癫了，想要将他们放出来，只是不少人已经找不到亲人接收了，便又将他们继续安置在那里。后来也混着放进去一些精神病人，但为数不多，一直到里头的人都老了死去，那一带才渐渐被冷落。

多多和阿策都对这个精神病院又好奇又惧怕。他们很想翻过铁栅栏到里头去一探究竟，可又始终鼓不起那勇气。阿策笑憨憨地说："要是哪一天我在这里头迷路了出不去，你就到那个城堡里找我好了，这么漂亮的地方，肯定吃喝不愁！"吴爷爷用手摸了摸阿策的脑袋笑道："你这个小滑头，别人想出都出不来呢，你倒还想进去！"

多多怎么也没料想到这句话会一语成谶，自己和阿策多年后的相遇竟是在这个孤独的城堡里。

07.

窗外的大雨毫无消退之意。多多吸了吸鼻子，将美惠的头轻挪到枕上，她睡梦时手如船桨，不停划于空中。侧身从悬挂的大衣口袋里摸出烟，多多长吐一口气才稍稍缓解情绪。站起来走到窗前，尽管隔得不远，可阿策家的小楼已然消失在雨雾中。木然沉思，倏忽一双手臂从身后袭来环在腰间。

“是不是我吵到你了？”多多温柔地询问。

“这天太冷，抱着你，暖和。”美惠把脸贴在多多的背上，手掌顺势抚向多多并不结实的胸膛，“还在想阿策的事？”

“没有。”多多欲言又止。

“眼睛一直盯着窗外，还说不是。”

“我只是在想，当初如果我没有走，而是留下来，会不会今天就不会是这样子了？”

“改变不了什么的。”美惠淡然一笑，轻轻将手滑向他的右臂，“我倒觉得你走得好，省心，要真留下来了，看到一些不该看的，经历了不该经历的，反而更不自在。”

“但我现在就像是个局外人一样，对一切毫不知情。”多多皱着眉，“你能体会这种感觉吗？所有人，都突然消失了，除了你。”

“除了我？你是在怀疑什么吗？”

“美惠，我……对不起，你知道我不是这个意思。”多多冷静下来，想要以拥抱缓解，伸出手，但她转身坐到床的另一头。

冬雷响彻山谷，声如钝斧，斧斧击在归乡人的心上。

她也拿起烟来抽了，好像一瞬间憔悴了不少。

两个人吐出的雾气交融缠绵，又遁作无形。

多多懊悔自己刚刚的口不择言，但他不明白为何美惠反复提及阿策，也猜不透她那番话的用意。他所说的每一句话都被误解，越说越错。而所有一切，一旦与阿策相关，美惠就难以收敛起自己抱怨不满的情绪。

在她眼里难道自己和阿策不就只是一块玩到大却分隔多年的朋友而已吗？

他偷偷瞥了眼缩在角落的美惠，合着眼，不置一言。

那张窄窄的单人床，在美惠未来之前，频繁出现的是那个少年阿策吧。

那些炎炎夏日，从西江河里游泳回来，汗衫短裤，多多都和阿策挨着坐在阁楼的小床上，大口喝阿妈煮的绿豆汤。两个人被晒得大汗淋漓，全身脱成赤条条仰躺在床上。

没有什么忧愁烦恼，几乎一闭上眼就入眠。

可阿策每回都要在睡前捉弄着他才会过瘾。阿策把腿斜架到多多的肚皮上，见他没反应，又转过身用手指弹他耳朵。多多憋着气闭眼不说话，阿策便更调皮地捏起多多屁股上的肉，拎出来再松手让它弹回去，连续这样做了几下多多便实在是不耐烦了，他猛地翻过身精准地对着阿策的腰部挠，痒得阿策四脚朝天，张口求饶。

“你说你是不是自作自受自讨苦吃？”多多像个胜利者一样耀武扬威地冲阿策做鬼脸，哪知一松懈阿策便反扑上来把多多压贴着床，将他两只手反扣在后面，局势大转。

“你得意得太早了吧，我刚刚这叫苦肉计！”

“哼！”多多趴着也能睡，只是闭着眼却一直皱眉，扭过头面朝窗外。阿策也玩乏了，把多多的两只手放下来，他就那么死死地盯着多多看了十几分钟，多多的两条眉毛实在是很粗，像是黑色的狗尾巴草，皱起来又像只乖巧的幼犬。

阿策看着看着就不自禁伸过手去抚摸多多的额头，想要让他皱起来的眉头松弛下来，阿策用手指轻轻往眉心两边抚过去，眉毛便恢复原位了。夏天的阳光射进来照到多多的眉毛，就像两条发光的金子。阿策也平躺着睡过去了，不久就鼾声响起。多多却偷笑出来，也不知他刚刚是装睡，还是此刻已进入甜美的梦。

他当然是想念阿策的。事实上，漂泊异乡的这些年他无时无刻不在想他。他还在生气自己离开南安的那天阿策没有来送行。叶美玲来了，美惠也来了，他心不在焉地道别，晃着头不停张望，看看天，看看稻田，想在卡车开动前最后看一眼故乡和少年。但是他没有等到，他终了也只看到土地上卷起滚滚尘烟。

他因为生气而不联系。他害怕四处打听。他像是自行剪断脐带的婴孩，狠狠心就脱离了南安，发誓再也不回去。

直到和美惠相逢，他才结结实实地松了一口气。

那时候他们还在北方。出租的房间里只摆得下一张床。冬天冷得覆被如冰。他俩相拥而眠，在每一个夜晚都抵枕而谈。他旁敲侧击阿策的近况，问故乡，问叶美玲。

在彼此的生命中缺席了那么多年，可一见面，那种熟悉得通透的感情，却又在一瞬间全都涌上心头，好像还是小时候那样。

多多总觉得自己是一觉睡过去，做了个梦，就度过了漫长岁月。

“到现在你还放不下他。”

突如其来的发问让美惠无所适从。

“不用骗我了，刚刚你睡着的时候，叫的全是他的名字。”多多努力找到一副稍微缓和的语气，以免激怒对方，“我不是要责怪你的意思，我只是想，从你这里得到最终的确认罢了。”

“最终的确认？”美惠低头，装作漫不尽心地吐出了一大口烟，“这很重要吗？”

多多也沉默。其实他很早就知道美惠喜欢阿策，只是从来也不愿意承认，甚至是她嫁给阿策的时候，他也欺骗自己说，那不过是她为了自救。

他现在去回想，才不得不自嘲，恐怕美惠第一次见到阿策，就已经被他俘获了吧。

那是美惠住进多多家里的第三天。

阿策趁着一楼客满悄悄溜上来，想给多多惊喜，推开阁楼小门，却和美惠不期而遇。

“你是谁？”阿策愣住。

美惠怕生，急忙转过身躲到多多后面。

“哟……金屋藏娇哦，怪不得这两天叫你都爱答不理的！”

“她是我表妹啦！表妹！哪有金屋藏娇！”

“表妹？你什么时候多了个表妹我怎么不知道啊？”阿策挑了挑眉，凑近美惠细瞅，手搭在多多肩膀上，脸故意贴得很近，笑了笑，美惠的警惕心才松懈下来。她看着阿策，有些不好意思，但又忍不住多看几眼，只觉得他的脸长得很熟悉，似乎是在哪里见过一样，可怎么也想不起来。

“我……”多多一着急说起话就不利索，他鼓起腮帮子，想了想，故意转开话题，“你怎么大清早就过来呢，又要骗我去看井盖啊！”

“谁骗你了！”阿策叉腰瞪眼，“不是才约好的去山上看野猪吗？那么快就忘了？没看出来你现在都学会见色忘义了啊……”

“才没有！”多多一听到那几个字脸就红了，“好啦好啦，看野猪就看野猪，可是你阿爸不是还没回来吗？”

“还没有……鬼晓得他什么时候回来！”

美惠有些疑惑。

“他阿爸可厉害了，以前带我们去山上打野猪，背着把猎枪，独眼侠准得很，力气又大，一拳能抡倒好几个人，常年在边境线上跑，见识可多了呢！”多多跟她解释，又转过头问阿策，“他不在，那我们怎么去啊？”

“怕什么，有我在啊，是不是男人哦你，胆小鬼！”

“我胆子很大的好吗！”

美惠捂嘴而笑，偷偷瞄了阿策一眼，高高瘦瘦的，剃着板寸头，脸上棱角分明，皮肤黝黑，那双眼睛闪耀着光芒，一旦和他对视，就怎么也挪不开了。

“那走啊，胆小鬼。”

多多穿上鞋子，气哄哄地抢在阿策前面带路出门。

一路上美惠都和阿策并肩走，时不时目光相交触，美惠就紧张地加快步子，阿策又追平上去，到最后两个人都看到对方的脚往前多迈出去一步，终于忍不住捧腹大笑起来。

那天究竟看没看到野猪多多已经记不得了，他只记得阿策在身后不停地逗着美惠开心，他看到美惠笑，感觉既开心又失落，复杂而古怪的情绪让他闷闷不乐。

后来他找到阿策，问他："你是不是喜欢美惠？"

阿策听到后一愣，笑道："喜欢啊，难道你不喜欢和她一起玩吗？"

"不是这种喜欢，是……"

"原来是你在打什么歪主意。"

多多有些不好意思："那你不许和我抢。"

"啊？"阿策看了一眼多多，又迅速转过脸去，背对着他，意味深长地发出一声，"哦。"

多多至今仍记得阿策那时候说话的表情。

好像那天太阳落山很快，风很大，他们两个人从来没有坐在一起那么长久地沉默不说话。

08.

凌晨四五点，失眠的人情绪容易变得焦灼不安，敏感易怒，尤其是雨夜，连绵不停的声音搅得人心烦意乱。

美惠已经抽下来第五支烟了，阁楼里一股浓浓的烟草味。多多不停地变换姿势来转移自己的注意力，一会儿看窗外，一会儿盯着天花板。

腹部往下突然疼得厉害。尼古丁的麻痹作用全然消失。美惠手里未燃尽的烟坠地，她也跟着翻倒在床上，才一瞬间脸就青得扭曲，脖子上青筋绷紧。

一声细锐的尖叫，像是用刀刮擦着骨头。密密麻麻刺耳的声音让多多猛然转过身，看到美惠整个身体拧得像一股绳。他紧张地抱住她。身后全是汗，湿透了。

“我去找药。”多多嘴里念叨着，跳下床从行李袋里翻找。是老毛病了，受重创的后遗症。腹部往下的血块淤塞着，像是拔除鱼身上鳞片般的疼。

第一次看到美惠这幅场景已经是十多年前了。

那时候她刚刚到多多家半个月。随着一阵剧烈的腹痛，裤子染上湿红的血迹。

多多急匆匆叫来叶美玲。

看见这情景叶美玲会心一笑，支开了多多，带美惠下楼去清洗，并告诉了她今后怎么处理。

这事情很快就被陈天福知道了。饭后多多和美惠上了楼，陈天福在厨房倚着门看叶美玲洗碗，一挑眉毛问她："她来那玩意儿了？"

叶美玲听着水龙头的水声迟疑了一小会儿，干巴巴地答道："哦。"

"看她瘦瘦小小的，没想到来得这么快……"眼睛眯成一条线，笑起来，露出一口黄牙。不等叶美玲回话，他就阔步往外头走。

"是不是这个？"多多摸出一小瓶药丸，递到美惠眼前，她吃力地点头。于是多多快步跑下楼去烧水，热腾腾的蒸汽扑面而来。

给美惠喂好药，多多就坐在床边看着她入眠。

天似乎要亮了，灰白色的光透进来。

"你要走？"眼微睁着，已经有气无力了。

"不走不走，你安心睡，我在旁边守着你。别说那么多话了，耗力气。"

她抿了抿嘴，可却不闭眼睛，直溜溜看他。眼神倔强得很，又带有一股怨气。多多心疼，握着她冰凉的手，浑身都冷而颤抖。

有时候他想，如果当初能够勇敢一点儿，或许也不至于像今天这样了。

那晚和阿策分散，从外头回来，家里的面馆已经提早关门打烊了。他在门外就听到里头哐当嘈杂的声音，步伐慌乱、急促低吼，好像一匹脱缰的野马在屋里翻腾。推开门一看就被眼前的场景吓住了。

还没来得及尖叫，叶美玲就披头散发地冲上来捂住多多的嘴和眼，可父亲醉醺醺张牙舞爪的样子还是被他在指缝中看得一清二楚。

连续几个巴掌下来美惠已经没有任何反抗的能力了，她整个人被架起来贴在冰冷的桌子上，弓成一座桥形。双手被反折，膝盖扣住桌腿。陈天福粗鲁地贴着她的屁股，推土机似的节节推进。汗水黏腻滴坠，整个屋子散发出一股腥臭的气味。

钨丝焦黄的白炽灯因为接触不良而明灭扑闪。陈天福脾气一上来就狠狠掐着美惠的后背，像是在鱼背上划了几刀血痕。

她张大了嘴却不敢吭声，下巴抵着桌板，陈天福猛一用力，她便重重摔倒在地。

陈天福也不在乎天上地下，顺势俯下身来，依旧挺拔。

她抬眼看见多多，相视良久，却半滴泪水都没有。所有的恐惧都被她硬生生地吞下去，身体像被刺破的气球，已经蔫瘪了，却还不停地被刺扎、被挤压，每一次都让她撕心裂肺地疼。距离她初潮不到一周，还处在经期中，身后的血已经从桌角漫延到地上。

她还以为自己是在梦中，朦朦胧胧。

“美惠！”多多咬了叶美玲一口，拔腿冲过去，可陈天福一扭过头瞪眼他便迟疑了。胆怯地停留在原地，不忍看美惠，惴惴不安地低下了头。叶美玲踉跄着抱起多多往阁楼上跑，她的脚也被陈天福踢崴，走起路来毫不稳当。

他窝囊地钻进被子里蒙头大睡，任外面天崩地裂，也不掀开了。

自那以后美惠的身体就像种了一颗摘除不掉的定时炸弹，每个月都要爆破一次，疼得难以忍受。

“天是不是要亮了？”美惠打了个哈欠，坐起来，还是没有睡着。

“才六点多，你要不要再睡会儿？”

美惠摇摇头，又伸出手，示意多多把衣服递给她。

“这雨今天还得下吧，昨晚没注意，现在一看，墙上全是霉斑。”多多掐了烟，又走到了窗前。

美惠背过身把睡衣全然脱掉，肋骨成条排列，胸部垂坠着，有气无力，她让多多过来帮她扣上罩带，深吸一口气，感觉快要窒息了。

后半夜未眠使得她双眼浮肿，脸也黯淡。

“你饿了吧，我去厨房看看，有没有可以吃的。”

见美惠不作声，多多又重复了一遍，她才转过脸迟钝地点了点头，仍旧没从腹痛中恢复过来。

“那我下去了，有什么不舒服就叫我，实在叫不出声敲门也可以。”多多示范着敲了两声，想了想又走上前把窗子掩实，担心美惠吹风受凉。

下楼也放慢步子走，墙上石灰落了一地。

走到厨房时顺手按开了灯，玻璃罩上黏着污垢，漏出的光也滤了一层油似的，明晃晃的。除了炉子能用，食材、调料全都放坏了。多多拧开水龙头，哗哗响着，在旁边等了一小会儿才放出清水来。

叔叔好像醒了，精神十足地在自个儿房间里跑动。多多听见墙那一端有什么大动静，走过去一看，见叔叔正在翻找着什么东西。裸着背，露出一大片红疹子。他又看看床，被褥因为常年不洗而被汗渍渗得蜡黄。

“你在找什么？我帮你一起找啊。”

叔叔顶着大肚子吃力下蹲，咧着嘴呵呵笑，也不说话。

“是不是饿了？”多多问完这句话，突然意识到，如果家里没有人，他平时是怎么吃上饭的？

“有人给你送饭？”

叔叔仍不回应，只是伸出脖子两眼盯着床沿发呆。

多多愣了愣，站在床头，循着那股霉味儿兀自拎起棉被一角，连同垫子一道掀起来，以为叔叔是要他帮忙打理。轻轻一抖，灰尘没看见多少，反倒是压在床板上的纸张纷纷撒向空中。

“美玲，美玲……”叔叔咽了口水，猛伸出手去扯住，胡乱一抓，抢回来抱在胸口。

多多惊讶地从地上捡起一张，打开来看，是信纸，蓝色墨水歪歪扭扭的越南文字，他仔细去分辨，但只看懂了落款日期和开头的那两个字：美玲。

“这些信是我阿妈的？”多多心急如焚，天宝叔叔却把信攥得更紧了，丝毫不肯放开。

“给我看一下就好，马上还给你啊……”连哄带骗的，叔叔还是不肯给，多多只好伸手去抢了。还是和从前一样，一挠他就投降。多多很轻松地拿到信，叔叔仍旧不肯罢休，在一旁喘着气跃跃欲试，想要再扳回这一局。

“你知不知道这东西有多重要？”多多一屁股坐在光秃秃的床板上，严厉地看着他，面含愠色，“算了，对你说这些也没用。”

叔叔把手贴住大腿放平，吐着舌头，怯怯地缩起脑袋。

看着叔叔那副委屈的样子，多多叹了口气，觉得心疼又懊恼，也不知再说些什么了，便拿起手上这沓信纸细细端详起来。

对比一番，除去因为潮湿糊掉或是发了霉的，能看清的字迹应该都是出自同一个人之手。他隐约记得小时候阿妈就常常收到从越南寄过来的信。至于信的内容，阿妈一直讳莫如深。有一次被阿爸拦下来了，还把她毒打了一顿。那信是用越南字写的，阿爸读不懂，阿妈解释说是家里头寄来的，可阿爸怎么也不信，偏说她是要密谋逃跑。

多多把信全收拾起来，按落款的时间排列。最晚的那一封大约是两年前，而这之后，所有的线索全都断掉。他对着一堆陌生的文字理不清头绪，想了想决定在城里找人翻译过来。反复摩挲着手中皱巴巴的纸张，他总觉得这些信里一定藏着什么秘密。

09.

从 11 月到次年春天，西江河的水量都尤为充沛，有时甚至几乎要漫过镇安桥桥面，让人以为自己是漂浮在海上。

南安的老人常说五六十年代这个季节不下雨，可龙卷风刮得骇人，有往山上转的，一路转到山顶，飞石拔树拓开了一条道，也有转到大马路上的，吓得行人不知所措。1952 年修镇安桥，龙卷风轰轰过来刮跑了在工地上玩的三个小孩，好像一条扭转的肥肠，骨碌就把人给吞掉。多多打小长在南安，但他从没见过龙卷风。他出生前南安的气候就变得古怪了，冬天阴雨连连，每隔几年还下得尤其大，雷响得像打仗，时不时从天上丢来颗“炸弹”，人都往建筑密集的地方逃窜，生怕站得太显眼给劈着。

那一年是腊月过了十五雨势才变得大起来。叶美玲收到了从越南寄过来的信。她告诉陈天福是自己母亲病重，恐时日不多，想带着多多回娘家省亲。

陈天福是半信半疑的。叶美玲十来岁就到中国来，快三十岁才嫁给陈天福，对母亲咬牙切齿的恨算都算不完，哪还管她病重与否。但陈天福还是放她回去了一趟，免得落下话柄遭人闲话，当然也有其他缘由，他早就把叶美玲当作自己的眼中钉肉中刺了，坏了他多少好事。

运送的车子是陈天福安排的，阿策他阿爸本来也是跑这条线，虽说瞎了只眼，可人长得牛高马大，气势汹汹，颇有威信。挨着东兴的那条水路其实是最方便的，只有窄窄几米宽的河，那边的人徒手把货运过来这边有人接应，装车直接往村子里人多的地方开，把货卸在仓库，一天能跑七八趟。可那么大一块肥肉早被人盯上了，地头蛇蛮横霸道，阿策他阿爸那伙人也想分一杯羹，但好几次都谈不拢，便也作罢。他们走山路穿到凭祥一带，再绕境入越，除了耗时稍多，照样是三不管的黄金地段。

如果不是因为阿策他阿爸跑路去了，这趟活儿也不用交给别人。他们两家交情深，生意上的往来又千丝万缕扯不清楚，彼此都信得过，尤其两个男人都是他乡之人，关照之情亲如兄弟。

叶美玲是时隔多年第一次归乡。对越南所有的印象都停留在了自己二十出头的那个模样。要真算起有什么区别，那时的她看来，不过是从一个极其贫穷落后的国家到了另一个较为贫穷落后的国家，处境并没有变得好很多，相反，她在担惊受怕中度过了许多年。

她天生就长得矮小，但身材还算苗条，五官并不难看，只是因为皮肤太黑显得笨拙。她学东西很快，没几年普通话和当地的方言就顺溜了，她还惊奇地发现东兴京族人说话吐字腔调和越南话的发音几乎一样。

似乎逐渐安稳的生活让她减淡了对故乡的怀念。她没有任何过分的要求，她只想活下去，做一个卑微的女人——这里的女人是没有丁点儿地位的，和越南那里一样，男人们吃饭喝酒，女人不能坐餐桌，躲在帘子后面自己捧个小碗来食，越出一步丈夫就粗暴地踢打，看客们没一个出来劝，反倒是像看杂耍一般拍手叫好。当然这已经是从前了，现在或许很乡下的地方仍会如此，不过大部分的县市早已开明许多。

把美惠交付给阮凤英帮忙照看，带着十三岁的多多坐上了密封的卡车后备厢，赶在腊月廿三之前抵达胡志明市——她别扭地把西贡念成了胡志明，路不认识，连名字也变了。

这里的建筑仍旧保留法国人殖民的痕迹，遍街都是红屋顶窄长的小楼，但行人的着装和店面的装潢颇似 20 世纪 80 年代的中国。热闹的街市后面是深巷里贫苦的人家。灶王节家家户户都到河边放生鲤鱼，过年要用到的粽叶也早早就备好，依旧如初是包成正方形的，象征天圆地方。

多多看到所有的事物都如此新鲜，街上摆着从水管冒出来啤酒的小摊儿，人们付了钱用杯子接过大口地饮啜，挑着扁担贩卖米粉，身后随时抽出塑料板凳招呼客人，还有取了蛇血混下蛋黄生吞的补药，每个人都客客气气，顶着圆锥形的竹笠帽笑脸相迎。

叶美玲并没有直奔家门，她带着多多到代销店拨了电话，没过多久，一个和阿爸年纪相仿的中年男人开了摩托车过来接她们娘儿俩。那个男人比阿爸也高不了多少，黑黑瘦瘦，看得出他今天是特别梳过头还打了摩丝的，穿戴整齐。叶美玲让多多叫他阿叔。那个男人能说几句汉语，但不流利。他让他俩坐在摩托车后面，一路疾驰，风把叶美玲的头发吹拂到多多的脸颊。

他们住在一家破旧的招待所，是自家楼房改造的，楼道狭窄，设施简陋。后门出去是一条河，附近的居民一到傍晚就会提着木桶来洗衣。

阿叔交代好事情便欲离开，叶美玲让他稍等，从皮包里拿出一摞钱，让他存起来，两人推搡着又断断续续说了一些话。

多多问叶美玲：“阿妈，我们什么时候去看外祖母？”

“你跟着就好，别问那么多了。”她用虾饼来堵上多多那张淘气的小嘴。

那几日每天一大早阿叔就会过来带着他们出去故地重游，走马观花似的，让多多迷迷糊糊地感觉仿佛在做梦。有时候夜里，叶美玲翻身起床，趁多多熟睡，在走廊背过门，轻声低语，像是在和什么人说话。

有次多多醒来，撞见叶美玲在门外同阿叔轻轻相拥，两人彼此温柔地把头靠在一起，安静漫长，动作轻缓。多多呆呆地看着，又扭头快步跑回床上，不发一言闭起眼，佯装不曾看到。

直到最后一日叶美玲才带着多多去见着了他外祖母——端正而佝偻地坐在正堂雕镂精细的花梨木木椅上，头顶包着方巾，穿一身藏青色精神的奥黛，柔软的丝绸面料，绣花立领，自腰及下有开衩，露出两条细细的腿。多多印象最深的是她苍老褶皱的手指上戴满了失光暗淡的戒指，其中一颗塑胶宝石绿得尤为亮眼，但还是可以一眼就看出是拙劣的次品。她说话缓慢而拖沓，镶了好几颗金色的牙齿，嘴唇干裂，脸上沟壑纵横，眼珠是混浊的黄色，凝视着前方，不随物转动。她的感情平静而冷淡，叶美玲也冷清，她们母女两个见面甚至比陌生人之间的相遇还要沉默，丝毫没有生离死别的哀戚。

家里几乎没什么家具，除了外祖母坐的那把祖上传下来的椅子，看得出是时常用抹布擦拭的，保有光泽，其他都尘灰零落、遍粘蛛网。整间屋子死气沉沉的，像是一个扩大的棺材，踏进去，就让人窒息。

外祖母缓慢地伸出一只皱巴巴的手来想抚摸多多的头，可多多被吓坏了，直躲到叶美玲身后。叶美玲安抚他别怕。

那是一双没有温度的手，吃力地伸过来，好像快报废的汽车随时会熄火一样。

夕阳落山前在厅堂上了三炷香，叶美玲就带着多多赶往乘车的地方。临走前叶美玲拿出一个信封留给了她的老母亲，里头是一摞钱。她和多多转身就走，快要踏出门槛的时候，听到了她老母亲断断续续的笑，声音幽惨，像是玻璃球敲在骨头上。

那个叔叔来送了最后一程，多多看不清他脸上的表情。但他的叹息声，令气氛压抑沉重。叶美玲和他做着最后的道别，他们两个别扭地各自往前走近，可又忍不住看了看站在一旁的多多，还是决绝地分离。

大巴车驰往远方，他们就这样各自消失在彼此的夜色中。

多多问叶美玲那个阿叔是什么人，叶美玲笑着摸多多的头说："是阿妈的青梅竹马，就是从小一起长大的人。"

"就像我和阿策这样？"

"你们俩……也算。"

"那阿妈一定喜欢他！"

叶美玲愣了愣，把多多抱到怀里："回去了你可不能这样乱说啊。"

车轮碾过泥泞的道路，他们在车厢里靠着铁皮就那么缓慢睡去了。

叶美玲和多多从越南回到南安已然是深夜十一点，出发时雨还大得骇人，回来却不见雨滴。多多打着哈欠推开家门，却撞见阮凤英正系着上衣扣子往楼下慢悠悠走来。陈天福光着屁股从房间里跑出来想握住阮凤英的手不放她走，可眼睛往楼下一瞥就松了手慌张钻回屋里。阮凤英站在楼梯中间停顿住，看到正往里头走的叶美玲，故意清了清嗓子说："今晚你们家老陈手气好，自摸赢了不少钱。"叶美玲默不作声。

阮凤英走到门口的时候结结实实地碰着叶美玲的肩膀，两个人对视，阮凤英抬起下巴客客气气地说："姐姐坐车累着了吧，这么晚回来，该早些睡呀！"

“有劳你费心了。”

“都是邻里邻居的，什么费不费心，说得多生分呀，阿东不在，还不多亏了你们家老陈照顾我们娘儿俩嘛。”

“那我不在的这几日，他应该把你们照顾得更好了吧。”

“我说叶美玲，你这话就有些过分了。”

“你要是嫌我过分,那我是不是得当着陈天福的面给你们两个道个歉？”

“你这话什么意思！”

“自古蛇钻窟窿蛇知道，各人干的事儿各人心里明。”

“呵，我是蛇，那你又算个什么东西？哥哥亲一口弟弟亲一口，生出来个娃儿还指不定是谁的种！”

“你……”叶美玲憋着气站稳脚跟，猛地把大门推开，“我这里不欢迎你，请回。”

“哟，开始下逐客令了呀，是不是说到你痛处了？”

“阮凤英，这条街上那么多男人，你为什么偏偏盯上我们家？就算你眼里没我，凭天福和林东的关系，你怎么好意思做这种事？”

阮凤英哼了一声头也不回就踏着高跟鞋往自己家走去了。多多看着叶美玲委屈地靠在桌子边，他还在想着刚刚阮凤英的那段话，一溜烟地快步上了阁楼。

家里并不比外头更暖和，剑拔弩张的对话更让他一阵心凉。楼梯摇摇晃晃的像是在爬竹竿。他的心也跟着咯噔乱跳。

推开门看到美惠正蜷缩在地板上躺着，多多心疼地坐到她身边：“你怎么不躺床上，天这么冷！”

美惠揉揉眼睛看着多多，沉默了一小会儿，看着他那两条粗粗的皱起的眉毛，才很认真地说：“你回来了啊！”

因为不久前的重创让美惠的身体很虚弱，两条腿一遇冷就直抖，腿间细细的血流像拧不紧的水龙头，只要一满随时会溢出来怎么也止不住。叶美玲自那以后给她买了很多的红枣，但气色也不见长回来。她想过要逃，可又能逃到哪里，说不定遇到的人会更凶狠残暴。她早已认了命，而那些往她身上扎满的刺，总有一天她会一根根连血带肉地拔出来再还给别人。

多多听着美惠细弱的声音看着她那张脸忽然就哭了出来，他一边哭一边掐自己的肉想止住眼泪，可肉体已然没了知觉，他的胸口闷闷的，像是煮沸的开水却被人猛地扣住锅盖。

他抱着美惠哭，呜呜哇哇，欲言又止，反倒是美惠镇定自若地一直安慰他没事。

自从知道美惠会说话，多多就偷偷地每天夜里教她认字讲汉语。她说她学过好几年的中文，可她就是不肯说自己到底是从哪里来的。

抱着哭泣的多多就像抱着一个小弟弟，美惠笑着抚摸他的背脊，说不怪他是假，但真要怨恨起他，却又一点儿也生不起气来。美惠算是对多多没辙了，她想起那天夜里多多和她两个人坐在散发着恶臭的菜市场，他们离人群很远，在一个安静的小角落，黑暗封闭，没人打扰。

10.

见多多看完信后长舒了口气，天宝叔叔便机灵地跳起来。

他拖着肥胖的身躯要抢信，多多眨了眨眼睛，一下子又退到墙角。天宝叔叔气喘吁吁地走走停停，多多一会儿把信藏到背后，一会儿举到头顶，他故意笑道：“你是不是饿得没力气了？那快回床上躺好，我给你做饭去。”

叔叔皱眉撇嘴，两只粗肥的手伸出来往空中乱抓以示抗议，又坐到床边，潮湿的木头被逐渐蚀了芯嘎吱一响，叔叔吓得跳起来。多多刚要走过去安慰他，却听到大门口有动静，踏出房间门一看，一个尖下巴的年轻女人收了滴水的伞提着一篮子饭菜正从大门进来。

“你是谁？”她看见多多也吓了一跳。那双粘了假睫毛的大眼睛扑闪着惊怯和疑惑。

“这里是我家，你问我是谁？”

“噢，你是多多！呀，都长这么大了！”那个女人堆着脸上的脂粉笑。

多多诧异眼前这个女人竟认出了自己。

“春宁，他欺负我！”叔叔从身后跃出，直奔向那女人，弯下腰肥头大耳害羞地朝她的脸贴过去，那女人呵呵笑着把脸抬高些让天宝叔叔稳稳当当地亲下去一小口，又迅速地把脖子缩回来。

“你是春宁？”多多看着她的脸。

“是呀，你才想起来！真是贵人多忘事。那么多年不见，又在哪里发了财了？”她说话的时候笑咻咻的，不时用手遮掩住嘴角，眉眼像花蝴蝶一对视就在人肩上停留一下，一回眸，又蝴蝶纷飞绕得人头晕目眩。她的个子其实不算高，但穿了一双酒红色的高跟鞋，腿和腰都很细瘦，可胸部却像滚了两颗雪球，浑圆而雪白。

“常听美惠提起你……”多多不敢和她对视，连说话也底气不足。

“亏她还记得我这个姐妹，走的时候也不给我留个信，也不知道现在怎么样了？”

“她现在在阁楼，身体不大舒服，正躺着休息。”

“呀，那我可得上去瞅瞅。”春宁把篮子推给了天宝叔叔，自己轻车熟路地扭着腰就扶梯上楼了，她走到楼梯中间忽转过头来对多多说，“你今天不会出门吧？”

“啊？”多多迟疑了一下，“为什么那么问？”

“担心你那么久没回来，人生地不熟呀！我就住旁边那栋楼，以前阮凤英的家。你有事儿就找我啊。”说完又补了句，“没事儿也可以来找我。”

多多点了点头，看着她离去的背影若有所思。

天宝叔叔提着篮子笑得合不拢嘴，拎到自个儿屋里一打开盖就伸手抓着吃，不怕烫也不嫌脏。外头雨势忽大忽小，多多站在大门边上看着屋檐齐齐挂下的雨帘，猜想隔壁阿策家里究竟怎么了。他斜斜地看向旁边那栋小楼，风雨中一如往昔，只是再浩大的雨声，也掩不住那里的冷冷清清。

楼上春宁叽叽喳喳不知正和美惠谈论些什么，多多掩了大门就往阁楼上去。地板上的灰尘已经积了厚厚一层，很久没有人清扫，红砖墙的细缝也如松垂的老齿，让人有点儿担心这栋老房子是否结实。他扶着扶手往上走，原先绿疙瘩的涂漆现在都已经要褪成茶色，清清淡淡，像日子一样庸凡，生了锈的铁皮参差外翻，好像要拼了命呐喊自己年岁已老。一切都沙哑暗淡，声音、颜色。它们看着白昼黑夜的交替，四季的轮回，人家的衰老，却照不到自己的模样。空气不是镜子，不用看，只轻轻一嗅，所有的灰都沾满了时间的气息。

多多想起来在越南的时候，叶美玲指着一条河告诉他，自己十几岁的时候到河边洗衣服，顺便洗头，也不惦记着以后怎样，没有洗发水，就用洗衣粉，搓出泡沫往头皮发丝里揉，谁晓得才三十岁就开始长那么多白发，到四十来岁，已经快成白头老妇了。叶美玲不得已用廉价的黑色染料往头发上涂抹，她不敢看自己年老色衰的脸，可头发一披散下来却又时时刻刻提醒着自己，卷黄干枯，没有一点儿生气。

踏上阶梯的每一步都显得那么缓慢，好像每一次抬脚落地，都有一个声音在牵拉着他，把他拉回往昔，他的每一步又踏得那么决绝想要斩断过去的一切。

靠近阁楼的时候他听到春宁在提天宝叔："这笔钱我要留着做嫁妆，一到春天我就收手回越南去，陈天宝我可管不着他了，你要是不愿意带他走，那他就只有自生自灭了……"

多多没站稳，右脚迅速地跨上去停顿住，但重重的脚步声啪地一响，让春宁打住了对话。

"谁呀？"她把头探出来，看到多多正尴尬地望着她，两个人面面相觑。

11.

美惠的两声干咳打破了宁静。脖子稍微往前伸出去一些，以保证视线能触及还在阁楼外的多多，轻声道：“被子好像也发霉了，看看能不能找个通风的地方挂起来晾晾？”她一手撑着床面，一手捂着腹部上下摩挲以保持温热。虽然因为疼痛而减弱了力气，但并不至于连被子也抱不起来。她迅速地把眼睛转向春宁，抿了抿嘴，春宁很快也心领神会。

多多迟疑着才反应过来美惠的话，弓着腰踏进阁楼里。

“下着雨不好干，我再看看还有没有其他的。”他把柜子打开，伸手正好能够到最上面一层的厚毯子，拿出了抖了抖灰，轻柔地帮美惠盖上，又耐心地往上拉，以覆盖住她身体露出的部分，顺手把枕头垫在美惠身后，让她不至于倚着硬邦邦的墙。

“真看不得你们这么恩爱啊！”春宁冲着美惠温和一笑，又惺惺作态地嘱咐多多，“我店里还有些事情忙，得先走了，你呀，给我好好照顾她，要是病没快点儿好起来，我可得找你算账。”

刚转身要走，多多突然说：“我送你。”

春宁转过身看了一眼美惠，又看着多多，回绝说：“这倒不用，也没几步路，我可丢不了。”

“我送你。”这一次声调更高了些，斩钉截铁的。春宁愣住不知道该怎么接，翕动嘴唇，欲言又止。美惠倒是轻松地说：“让他送吧，我也没什么要紧的。他在这儿待着，我反倒不自在。”

“小心我吃了他！”春宁回眸一笑。

“你们谁吃谁可还不一定。”

“处处帮你男人说话，这做姐妹的呀，心都凉了。”

“我哪敢啊。”

“好了好了，不和你在这儿插科打诨了，改天再专程来看你。”

下楼的时候多多就紧跟在她身后，冷不防问了句：“你是早知道我和美惠要回这儿来？”

春宁没有回头看他，高跟鞋稳妥地踏在每一级台阶上，敲出了两三下咚咚的声响，才回了他说：“我可不是观世音菩萨，掐指一算就晓得你们要不要回来。”

“你是知道的吧？”

“你这话可不大像是询问的语气！”

“我……我嘴笨，我的意思是，美惠回来前事先联系过你吧。”

从台阶踏下了平地，春宁的步子显得急促了起来。

“她？她走得无声无息，回来哪还会和我说。”

“哦？不过她倒是告诉我和你通过电话的。”多多呼出一口冷气。

“你到底想从我这儿套出什么话，直说便是了，不要那么拐弯抹角的。”春宁停住脚步，侧过去对着多多，身子自然前倾。她的鼻尖正对着多多的下唇，光线昏黄，气息流转，呼吸急促起来，她眼神上挑，和多多相视一笑，缩回脸颊，又转过身径直往天宝叔叔那里走。把来时提的篮子收回，又拿了伞，准备推开门走。

"我只是随便问问。"多多也从厅堂拿了昨夜那把黑色雨伞，刚要在屋内撑开就被春宁喝止住："你是多久不回来连规矩都忘了，屋里哪能开黑伞，是想大白天的招魂？"多多想起来似乎是有那么个忌讳。他把撑开到一半的伞又收了回来，走到门边了才打开。

即使是下着雨，春宁穿高跟鞋走起路来仍旧是扭摆着腰身，颇似当年的阮凤英。从多多家走到阿策家那里不过五十步的距离，雨水从斜坡上倾倒下来渗进了沟渠汇入西江河去。虽然是白天，但阴沉沉的，也并不比夜里显得明朗。这条熟悉的道路多多不知道踏过多少回，一个泥坑一块土石的变化微小得不可计数。从嘴里呼出的雾气很快被雨水击中消散，凉意逼人。

"阿策他，真的不在里面了吗？"快到门口的时候多多还是忍不住问了出来。

"嗯？"春宁收了伞站在屋檐下，抬头看着多多，"这房子早就易主了，他怎么可能住这里，我又不是开收容所的。"

"他阿爸阿妈也不在？"

"不在不在，这都猴年马月的事儿了。"

"哦……"多多往屋里头瞟了眼，"这里头现在是……"

"美容会所，客人预约了待会儿过来做指甲呢，你要是不嫌无聊也进来坐着看会儿？反正里头地方宽敞。"

"不了不了，我去集市那儿买些吃的，美惠该饿了。"

"那也好。"春宁把脚收进门槛儿里，原本顶着地板的伞尖也提起来靠到里面，很干脆地就关上门。多多还没来得及道个别，眼前已经没了人影。

他总觉得怪怪的，可又说不出哪儿有问题。他出门的时候没有穿上大衣，此刻忽然觉得有些冷，手臂的血液好像因为气温过低而流动缓慢起来，身体也僵硬而难受，大抵是因为旅途疲惫，又一夜没睡，但也并无大碍。他自嘲地对着阿策家这栋小楼傻笑，转身绕到屋后，沉默着往集市方向走去了。

中间有一小段路要沿着河堤走，旁边有一块草地。这个季节，杜鹃花差不多是要开了，可那一片小坡却仍旧暗淡无色。或许是被大雨骇到了畏缩起来，等雨一停，就一大片色彩艳丽。

那一年好像也是这样子的，连续下了快半个月的雨，到年三十才停歇，家里沉积的物什都长了霉，潮潮腻腻。

陈天福还在因为叶美玲和阮凤英在楼下尖酸刻薄的对话而气恼，他从没见过自己老婆这番模样，年货两个人都没有心思置办，甚至连春联也不贴。若不是陈天宝嚷嚷着要吃肥鸡，陈天福也不会亲自到集市去挑拣。叶美玲把自己关在屋里闷着不出声，任谁来敲门也不理会。

多多家从没有哪次过年是那么冷冷清清的。

反倒是缺了男人的阮凤英这年过得尤为招摇。她在门前摆了一张红木供台，香炉两侧是两支粗长的红烛，下午把鸡、鱼、猪三样常规贡品摆到了香炉前，还在左右两边各添了一个圆大色黄的柚子。冥币足足烧了半小时，让空中都飞满灰纸。

晚上吃过年夜饭，阿策把多多和美惠叫出来放了鞭炮，就各自抱着一颗大柚子往河堤那儿去了。

是南安的传统风俗，大年三十要到河边放花灯，把柚子皮剥成莲花底座的形状，再往中间放一枚小红烛，燃好后许愿放到水里让它漂远，新的一年就会顺顺利利。

那天晚上的风比往日要稀薄，气温也回升了不少。

他们走到目的地的时候才发现整个小坡上的杜鹃花竟在一夜间全开了。

朱红淡粉的花瓣参差交错，细看还沾有未蒸发掉的晶莹露水，娇艳欲滴。多多最先惊呼起来，阿策则显得见怪不怪地搭着多多的肩膀。他刻意捉弄着多多，摘起几株插在多多头发上，撒腿就跑。两个大男孩绕着草地跑了好几圈。美惠看着他们玩闹自然是笑得很开心。可这些花，却让她想起遥远的故乡来。

那地方也是漫山遍野的杜鹃花，可人们更喜欢把它叫作金达莱花。

美惠轻盈地在草地上转起了圈，哼起故乡的歌谣，白皙的手臂随之摇曳。仿佛整个小坡的金达莱花都是为她而开。

多多兴奋地鼓掌，她却羞赧得脸红。

“哦！烟火！”河对岸率先放起了烟花，白色的火焰迅速地升空爆破开来。阿策的叫声没有能让多多产生兴趣，反倒是美惠的表情显得不可思议。

美惠静静地望着，如同从前每次过年，她也望着对岸的烟火一样。可总是隔了很远，只有一点点的声音和一点点色彩。第一次感到竟会那么近距离地看着，像是伸出手就可以接住坠下的星火。

“走啦走啦，再不去河边放花灯，就要挤满人了！”多多拉着美惠的手往河堤那儿跑，她抱起放在地上的柚子，眼睛仍没离开天空的烟火，那么浩大而震撼人心。好像是传说中的流星一样四散到各地。

阿策也跟着他们两个跑。到河边，看着多多手把手教美惠，多多一笑，阿策缩在一旁也开心地笑起来。

“哇，这样子超冷的！拿开啦！”阿策冰冷的手趁多多不防备偷偷钻进他背后，自己止不住地哈哈大笑。多多也不甘示弱地要把手钻进阿策厚厚的衣服里。

其实好像只是昨天发生的事情而已。多多竟不自觉地把手伸到自己衣服里贴着胸膛的皮肤。手掌滑动的每一瞬间都可以感受得到的，那种凉凉的触觉，像是用舌尖去抵着冰块。

举着伞在大雨中僵立着，雨水不知道什么时候竟落到了脸上。多多抹了一下眼睛，快步地离开这个地方。

12.

他本来要往市场那里走去的，却不知不觉走到了少年宫。冥冥之中似乎是被什么东西牵扯过去一样。

雨在他踏进大门的那一瞬间突然变得大起来，密集地斜砸在地上噼啪作响，狂风呼啸，雨伞被拉扯着要往某个方向倾倒，伞架被重重的水滴压得有些弹不起来。才几秒钟的时间，多多身上的衣服就湿了一大截。他径直往那栋苏联红楼走过去，脚步很快，依旧如从前那般结实屹立。风雨中深红的颜色似乎更为耀眼夺目，砖块的色泽被冲刷了无数遍却不见衰减。

等跨进屋檐下他才把伞收了起来，但雨水还是催命似的袭往走廊。他几乎要贴着墙壁走才安全。旁边几棵树被大风吹得像披头散发的女鬼，落满一地的叶子被吹起又被雨水重重击下。

走到最靠右的房间连续敲了好几下门都没有反应，这间原先吴爷爷住的房子不知道是否也换了主人。他有些颓丧地站在长廊里。四下无人，连从前勤于巡视的保安都不见踪影。

雨丝毫没有减弱的意思，反而像掀起了滔天巨浪一般越发地狂傲不羁。

多多当然记得吴爷爷说过的，雨大到骇人，深潭那里会浮起红木箱子。原先是个满满的期待，却突然成了一个噩梦，不时在记忆的深海中出没。

那年年三十的晚上本来是连风都稀薄也无半点雨滴的，可一至深夜就变了天，风声凄厉，大雨骤降，让人猝不及防。

城里的老人都说好久没见过那么大的雨了，不一会儿的工夫西江河水就猛地上涨，几乎要把整座镇安桥都淹没了。一夜之间地势低的楼层已经被淹到了二楼，多多和阿策他们家虽然地势高，但也都积了水。

所有人都在苦恼这大过年的兴致都被一场大雨给坏了，唯独阿策大清早就跑到少年宫去找吴爷爷，问他这雨够不够大，红木箱子能不能浮起来。

吴爷爷告诉他说差不多了。

“差不多到底是能还是不能呢？”

阿策似乎认定了是可以的，他偷来家里的钥匙，把父亲闲置已久的摩托车开出来，加满了油，叫上多多和美惠，披着雨衣要开去深潭。

十几二十公里远，还得经过曲折的盘山公路。这也是他们第一次到这个地方去，阿策一路看着路标的指向，多多抱着阿策的腰，美惠贴紧多多坐在最后。尽管套着雨衣，但还是把他们都淋得湿透透的。像是一场华丽的冒险，不知道哪一刻会深陷泥潭。

多多搂住阿策腰的时候，阿策就丝毫都不惧怕了，力量似乎是会传递的，即使开车的不是多多。

深潭属于南安的一个镇，众人称赞的美，但并没有被开发成一个旅游景区，大抵还是受交通不便所限。

抵达那里的时候已经临近中午了，三个人的肚子瘪得不行。

相对南安那里，这里因为处在背风坡，雨水明显小得多。尽管阿策很着急地要开到深潭那里，但实在拗不过叫嚷着吃午饭的多多。

面馆的老板对他们很是好奇，虽然阿策长得比较高大，但还是一眼就能看出是个十几岁的孩子。听完来意后，老板给他们指了路，因为不远，摩托车锁上停在了店铺这里，阿策决定带着他们两个撑着伞步行过去。

要穿过一个窄巷，并绕过参差的居民楼，等完全站在了建筑后面，视野突然变得开阔起来。

并不是一个很大的潭，也不隐蔽，但潭水的色泽却让人不得不惊叹。

最靠近岸边的潭水是青色的，稍远一些开始过渡成藻绿色，再远一些就完全浸在深蓝的墨汁中了。雨滴搅乱一池深潭，涟漪荡漾，水波交错融合。周围有不算高的芦苇，不远处的矮坡低地种有剑麻。周围的色泽如此统一，齐齐整整让人难以分辨开来。

潭水露出来的部分是半个弧形的，末端被一棵从水中央淤泥处生长出的大树的繁茂叶子遮住了去向。说不出是什么树，但可以判断是株很老的树了，树干要五六个人合抱才能围起来，遍布着粗糙的褶皱和无数条垂落潭中的老根。仔细看可以看到在树干和潭水衔接的部分有一个巨大的空心凹槽，下面似乎藏着什么巨大的东西，但水色太深，无法看得清楚。

阿策的眼睛一直在潭面上搜寻着红木箱子的痕迹，从近岸处一直到那棵大树的周围，可似乎空荡无物。他不相信，便又更凑近了些，两脚几乎要碰到和漫上来的潭水相触的岸礁。

“阿策你别下去，几百米深呢！”多多和美惠两人同撑一把伞站在他身后。阿策僵直在那里没有继续往前了，反而开始往后退了几步。

“多多，你过来，你看那里，那是不是……”阿策揉了揉眼睛，“那边，靠近中间那棵树那里，慢慢浮起来的……”

“是——”多多走了过去，往阿策手指的方向仔细看，“是个人，不对！是尸体吧！”

他说出“尸体”两个字的时候阿策和他同时咽了下口水，两颗心以相似的频率加快跳动起来。

“会不会是看错了？”阿策反复确认，可眼下却越发地清晰起来——流动的波浪向上一卷，胀气鼓鼓的肚子翻了起来，背后倒转面部朝上，露出一张残缺不全的脸，右眼漏了个窟窿，尸体还算新鲜，嘴角流的血脓刚刚凝结，整个身体正从树干下边被水流往岸边推送过来。

“是，是尸体，真的是尸体！”多多的右脚迅速地往后抽离，却因为触到了青苔而打滑，啪地一下重重后仰倒地，两条腿直直浸泡到冰凉的潭水里，激起了一大片水花，整个人眼看就要沉下去。

阿策吓得丢掉雨伞，紧紧抓着多多的手往上拉扯。

美惠也吓得跑过来抓住多多，近乎失声尖叫。

那具死尸正朝着多多滑倒的方向漂浮过来，一股腐烂腥臭的气味被风猛地往他们身上吹。

13.

“刚刚真是吓死了！”阿策把多多拉上岸，紧紧抱住他，连续咽了好几下口水才镇定下来，一只手搭在他肩上，一只手则轻拍他的背。雨水击落在他们身上和潭面发出的密密匝匝的声音他们也丝毫没有在意，所有的注意力仍集中在缓解方才的恐慌当中。

多多还在喘着粗气，惊魂甫定，嘴唇因为颤抖合拢不起来，眼睛紧闭着不愿看到任何东西，两条腿湿漉漉的站不稳。倒是美惠迅速地回过神把丢在一边的雨伞拾起来给他们两个撑着。

“快回去，我们走。”多多背对着潭面惴惴不安地推着阿策往外面走，感觉那具尸体随时会漂到岸边然后伸出一只手握住自己的腿拉下去。阿策换了个姿势和多多并排站立。多多连睁开眼都要小心翼翼，似乎恐怖的场景会随时出现在眼前。

三个人一致穿过进来时的小巷，前面那段空旷的道路用缓慢的步伐，一踏入两面都是建筑物的阴冷窄道，前进的速度就默契地加快起来，甚至带点小跑，一直到刚刚那家停放摩托车的面馆才放松下来。

“要不要报警？”阿策小声地嘀咕了一下，站在摩托车前面，店老板冲着他善意一笑，他转过来看了多多一眼，平日里一向任意妄为的他现在也拿不定主意。多多愣了一小会儿，然后反复摇着头，美惠也跟着摇头。

“我预感我们今天走不走都要沾着一身的霉气了……”好像那股腐烂的

气味还停留在鼻息挥散不去，多多说话的时候都觉得有些反胃不适。

“所以你的意思是我们留在这儿？”明明已经紧张到不行了阿策还一脸坏笑地看着多多。

“才不要，你快开车带我们回去！”

“知道啦知道啦，你不要那么激动嘛！”打开车锁发动了引擎，轰轰的声音让多多一下子有了安全感。

三个人动作一致地套上雨衣原路返回。

依旧是来时的姿势，可丝毫没有之前的期待与喜悦，反而是要拼命忘掉刚刚所看到的，努力去回想一些有趣的事情。

“虽然今天没有看到红木箱子，可是我总觉得——”

“你还想着红木箱子！打住，什么都不要说。”多多对此十分敏感。

“好好好，不说不说。”阿策开着车，但他脑袋里仍旧在想着这个深潭的秘密，尸体似乎是从那棵大树根的位置漂浮上来的，如果没有猜错，树根下面有一个连通深潭和西江河的通道，那么红木箱子也的确有可能会在雨水足够大潭水高涨的时候浮出来。可那具尸体，究竟是不是从西江河漂过来的，他也说不清楚。他有些后悔没有再多留下来一会儿探清深潭，但诡异的浮尸至少让他更加坚信了红木箱子的存在。

不过有一件事情阿策怎么也没有料想到，就是他阿爸突然回来了。

他们回到家的时候已经接近傍晚。天色因为下雨而一直暗淡无光。不过雨势倒是比出门的时候小了很多，西江河的水也退下去一些。大街上冷冷清清，店铺的红对联被淋得褪了色，都关着门，行人也少。大概所有的热闹都关在了门内，而门外的世界则与自己无关。

带着一脸的疲倦把车停稳在了自家门前，阿策把车身倾斜着以便脚跟着地，他让美惠和多多先下了车，自己随后下来。刚推开门想偷偷溜进去就被阮凤英逮个正着——

“还晓得回来呀，整天就知道和叶美玲那个贱女人生的小杂种混在一起，还有那个不知道从什么地方捡回来的小哑巴婊子。”今天家里没有麻将局，不过阮凤英幽幽地坐在一楼的黄花梨木木椅上抽烟，神情正陶醉着，却被突然闯入的阿策分了神。矮几上有一只从越南买来的咖啡壶，接着印花玻璃滤杯，隔一阵子就往下滴落一滴的咖啡液，等杯底积攒下薄薄一层咖啡液，从上面滴落下来的声音就不是沉闷的重击，而是清脆的消融了。她就那么打发时间，她太刻薄了，哪能有什么交心的朋友，连平日一块儿玩牌的都不过是只说场面话罢了。她一寂寞就会想和人说话，可对谁都是一副尖酸的语气惹人厌。

“什么小杂种、婊子的，多多才不是，美惠也不是……”

“过来！”阮凤英揿灭了烟头用力地戳向烟灰缸底，“阿妈叫你过来都不肯了？”

“凶什么凶，过来就过来。”阿策有些不情愿地走到阮凤英跟前。

“我还没和你算账呢，你倒先帮着别人说起话来了。老实交代，今天把摩托车开出去干什么了？”

阿策故意把脸别过一边，什么也不肯说。

“你不说也行，不过你阿爸待会儿追究起来我可没法儿帮着你圆谎了。”

“阿爸回来了？”阿策惊喜得很，眼睛一直看着阮凤英，等待着她给个答复。

“在隔壁家和陈天福喝酒呢，一回来就不进家门，你们父子俩全一副德行，整天往外头跑，叶美玲那儿都快成你家了。”

“说我，你不也老黏着多多他爸吗？”还不等阮凤英回话反驳，阿策就兴奋地跑出门去多多家那儿找阿爸。气得阮凤英跳起来，想追出去捉住他，可又因为前几日被叶美玲撞破自己和陈天福的事情而不敢轻易到他们家露面，只得憋着气干坐在椅子上，又燃起了一根烟。

大老远阿策就看到多多和美惠堵在门口缩着头，窥看门缝不肯进去。

“你们这是玩儿什么呢，我也一起啊！”

“嘘！”多多捂住阿策的嘴，用眼神示意阿策看向美惠。不知道是不是因为遇见生人而这样惶恐，本来已经浑身湿透的美惠一瞥见阿策阿爸，就惊得脸色发白，甚至瑟瑟发抖。

她又往里面看了一眼以确认，原先只是背影，这会儿阿策阿爸的半边脸也被看得清楚了，美惠回过身拔腿就要跑，但被多多和阿策拦住了想要问个究竟。

“怎么又要跑！”多多握着美惠的手。

美惠细声细语求着饶，张着口却紧张得吐不出半个字。

“她究竟看到什么了吓成这样？”阿策对眼下的局势丝毫不了解，他问多多，多多也搞不明白什么情况。

雨帘挂在屋檐下发出珠子坠地的声音，密集的雨点搅得人心慌。天色暗得很快，但还是能看得清人脸。

外头正争执着，里面的那两个男人听见动静已经推门出来一探究竟了。

牛高马大的阿策阿爸原本还是笑呵呵的，可定睛看了一眼美惠后，突然就变了脸色。好像有种失而复得的喜悦，笑中带着奸邪。

美惠猛地推开阿策和多多，弹出去一般跑在大雨中，可阿策阿爸还是眼疾手快地抢在最前面拧住美惠的胳膊，用力一扯，美惠整个人就摔倒在地了，哐地一下重重撞击着地面，水花四溅，刚要爬起来又被唰地两巴掌下去，好像是急刹车轮胎摩擦地面的声音，伴随着一声惨叫，如玻璃在一瞬间爆破，刺耳锐利，脸颊迅速青肿了一大块。

阿策阿爸用他暴凸出的独眼恶狠狠地瞪着美惠，满脸横肉，脖子青筋暴起，那只假眼也在雨水中油亮发光，直直射向美惠，让她惶恐不安。

这一幕让阿策和多多都惊到了。陈天福则见怪不怪地打了个饱嗝，浑身散发出一股浓浓酒气，粉白的脸上垂挂着松垮的皮肉，眼睛眯起来，好像在看戏。

“阿爸你怎么打她呀！”阿策想出手阻拦却被他阿爸猛地推往身后。

“待会儿再收拾你！”他呵斥着阿策，怒目而视，脸颊有些涨红，酒喝多了些，可也不至于那么无理取闹。所有人都不敢向前了。多多束手无策，急得踉跄地跑上楼去叫叶美玲，他也完全不晓得究竟发生了什么事情。

美惠翻倒在地像条搁浅的鱼，眼泪已经混在雨水里了，满脸的污浊泥泞。

等她再一次爬起来的时候，阿策阿爸利索地反手扭压着她送往自己家里。她的头止不住地回望，每当这种时候她总希望能有一个人跳出来救下自己，她的眼睛来回看着阿策，失落而渴求，却又无可奈何。她最后一次扭过头时看到多多正从门口冲出来，便吃力喊出那几个字："他是马眼，救我！"但立即被阿策阿爸揪住头发狠狠把脸拽过去。多多愣在原地看着雨水浇灭她最后的希望。马眼，马眼。这两个字像闪电一样从多多眼前劈下。他当然记得美惠曾和他提及的这两个字，他当时猜了半天，可怎么也猜不到竟是个人名，而且还是阿策的阿爸。

"你这是在做什么！"叶美玲喘着气，刚到门口就喝止住眼前那个男人。

"这儿还轮不到你说话吧！哼！"连看都不看她一眼，轻蔑地笑了声就继续往前走，他拖着美惠就像拖着一只破麻布袋。反倒是陈天福霸道地冲叶美玲吼起来，男人气十足地呵斥她进门，驱散了多多和阿策。

还没从浮尸的惶恐中解脱出来，又突然发生这种事情，多多还以为自己正做着噩梦。雨水不留情地浇在他头上，从眼前倾泻而下，朦朦胧胧。

"美惠！"多多一抹脸，奋力冲到泥坑中抱住阿策阿爸的腿，试图拖延住他，阿策也冲过来抱住阿爸的另一条腿。可他们显然太低估这个壮实高大的男人，他那么毫不费劲地把两腿轻抬起来往外一踩，就把两个十来岁的小男孩踢甩到了黄泥污水上翻滚。

雨水的味道是苦的。他们两个反复爬起来再冲上去仍旧无效。阿策阿爸野蛮的劲儿任谁也无法阻拦。

阮凤英也被凄厉的尖叫声吸引出来旁观。但她不发一言眼睁睁地站在门边看。见自己男人要靠近了，便侧过身腾出一条道。

美惠就这样被阿策阿爸，那个被她称作马眼的男人揪着头发关进了楼顶暗无天日的房间。

14.

多多站在苏联红楼的长廊失魂落魄地面对着大雨，眼看扶手栏杆被冲刷得褪色暗淡，好像记忆一样，总比现实的色彩要冷淡得多，他知道绕到后面就是那个曾经令年少时的自己好奇又恐惧的精神病院，可他还是没有下定决心踏出那一步。他举起伞快步地穿出走廊往外走，卷起湿漉漉的裤脚冒着暴雨狂风出了大门口，按照原先预定的那样，去买早餐，然后回家。

天宝叔叔躺在床上睡着了，鼾声阵阵，和雨声相交混合。爬上楼梯一进入阁楼就看到美惠正把一头长发卷过肩侧站在窗台边抽烟。

“身体不好还是别抽了吧。”多多走过去想要掐掉她手里的烟。

美惠偏过身，看了他一眼，又若无其事地往窗外吐着烟气。

“你怎么这么拗？再这样我就不管你了。”

“不用管我不是正合你意？”

多多把早餐袋子狠狠扔到墙上：“我到底哪点又惹你不高兴了，出门前不是还好好的吗？”

“不高兴的是你吧，找不到你阿妈和阿策，就怪我什么都不知道。”美惠让灰燃到烟屁股，就轻扔出窗外，在雨雾中消失不见。

“你生气啊……”多多努力克制住自己，两只手环绕住美惠的腰，头靠上前，贴住她的脸，凉凉的，好像这天气一般。

“哪敢生你的气？”美惠把一只手臂伸出窗外，被雨水浇湿，又迅速撤回来。

总是这样，一会儿闹得很僵，一会儿却又如此依恋。他们在一起相处的这两年，以伤害和戳痛彼此为生，他们像是相互寄生的虫类，一边啃噬着往事，却又一边伤感回忆。

那种感觉未免太古怪了些，总像是病态的情感。可他们的人生一直都是病态的，又哪里来温和正常的爱情。

美惠把头埋进多多的胸口，不发一言，但多多已感觉到有什么不对劲儿。

“这栋房子是要卖掉了？”

“你听谁说的？”美惠抬眼看着多多。

“早上春宁不是这样和你说的吗？她还说快要回越南去了。”

“没有，你听错了。”

“我就站在楼梯口。”

“所以你是在怀疑我？”

“我只是问问你而已。”

“你就是用这种语气来问我？”

多多沉默地呼出一口气，表情立刻变得严肃起来：“你一定要这样子和我针锋相对吗？”

“挑起话端的难道不是你吗？”美惠故意轻蔑地退后看了他一眼。

“那好，我道歉，你满意了吗？”

美惠一语不发地看着窗外。

“如果这样还令你不满意，那我也没其他办法了。”多多的语气越发冷漠起来。

美惠把背脊挺得很直，露出有些松弛的小腹，靠着墙壁，直视多多的双眼。

“你又想说什么？”多多不耐烦地瞥到一边。

“告诉你，我怀孕了。”

“你开什么玩笑！”愣了几秒后，多多吞着口水，追问道，“你说真的？”

美惠默不作声。

“孩子……是我的吗？”话一说出口他就意识到有些不合时宜，便立刻改口说，“怀孕了还吃药抽烟，你怎么不当心点儿？”

“反正也没打算生。”她的语气平淡，“医生每回都说，刮掉就很难怀上了，以前倒还想过生下来一个吧，现在反倒嫌累赘了。”

“谁允许你自作主张了？”

“孩子在我肚子里，我怎么就不能自作主张？”她又想伸手去拿烟，可被多多按住了。每一次腹部阵痛都想吸一口烟用尼古丁来麻痹自己。

“这种事情你都不肯和我商量吗？”

“没有什么好商量的，你们男人不都最怕惹上这种事情吗？现在我帮你挡过去了，你也不必假惺惺装作替我着想了。本来不想同你提的，可你今天偏要我说。”又是一个轻蔑的笑，美惠转身走到床边坐下，手指落寞地抚弄着头发。

“美惠，我……”

“你什么也不用说。”

15.

雨水开始变得黏腻而令人焦躁不安。呼吸的空气里饱含一股潮湿而寒冷的味道。肺部像是一块吸了过多水分而肿起来的海绵，胸口淤塞而沉重。红砖墙的色泽在这个季节变得越发深邃，好像凝住无法流动的血块，死气沉沉地涂抹在那里。附近有的人家还用木材或是蜂窝煤取暖，雨水中又混上一股呛鼻而莫名的气味。

十多年前这样，现今仍旧是这样。天气、心境，总是不让人安宁。

“我下去抽根烟，你在这儿好好休息吧。”多多换了件大衣，脚步很轻，内袋里夹着早上从天宝叔叔那里翻来的信件，悻悻然出了门。美惠穿着单薄的睡衣蜷在墙角，她还是一如既往地瘦，膝盖的位置因为弯曲而更显得突兀出来，这样的姿势会加剧她腹部的疼痛感，可她丝毫也不在乎，因为身体，好像不曾有一刻真正属于过自己。

雨水漫过家门口修的石阶，还要继续往上涨，多多视若无睹地往水洼里踩踏过去，鞋子浸湿了一半也仍旧没反应过来。面部是僵硬的，身体像是被往四面八方拉扯一般控制不住自己。他的心脏剧烈地跳动，手撑着雨伞是一个机械的动作，脚步迟疑地往药铺的方向走，拇指反复滑动着火机又将其熄灭，步伐似乎更加坚定了起来。

并不是要去找任何人翻译出来。眼下还有更重要的事情去做，这是他事先没有料到的。他原本想，查清楚这些信一切就都了然了，可偏偏美惠又半路跳出来。

他脑袋空空的，只想着要做一件事情，去药房，拿到堕胎的药，然后混在美惠的止痛药里让她喝下。他才不会相信美惠肯打掉这个孩子，即使是亲骨肉又怎样，留下来只会给别人多一个筹码和要挟。他有些恍惚，他在心里反复说服自己这是不得已的，这是被逼的，自己也很无奈，千方百计要剔除掉愧疚感。他狠狠地踢开一粒挡在脚前的石子，水花飞溅，不只是他的鞋子，现在他的裤腿，也湿漉漉的了。

他只是想要拿回自己应得的。

他觉得自己收留美惠并和她在一起生活了两年已经足够仁慈了。他爱过美惠吗？他已经占有她的身体，可他似乎怎么努力也无法得知她的真心——这种感觉简直是煎熬。

如果不回南安，或许他愿意选择一辈子这样沉默下去。但现在已经太迟了，他无路可退。

人生真是可笑。他曾经那么努力地想救出她，现在却又那么迫不及待地要将她推入深渊。

“你要是跑了，我拿什么交还给你阿妈？”如果不是为了阿策阿爸的这句话，恐怕美惠早就在楼顶上自杀了。她被放出来的时候全身瘦削得只剩皮包骨，不用抬手都可以看清两肋上根根凸起的肋骨，好像是在一挂骨架上搭着一层薄薄青白的皮肉。

当时所有人都以为阿策阿爸只是暂时回家几天，往后还得继续跑路，等他一走，美惠就能安全了。可谁料想到他早已将一切都处理妥当。他和陈天福喝酒，毫不掩饰地炫耀自己如何找个替死鬼丢到西江河里。为了逼真些，还把那人的一只眼珠子抠出来安上假眼。他们喝酒吃肉，说着这些事情像是和自己毫不相关的传闻一般轻松。

这当然被多多听在耳里，他很确定他们所描述的那个替死鬼就是那天他们在深潭见到的那具浮尸。他恨不得跑去警局把事情抖落出来，这样就可以救下美惠了。可那个时候美惠已经妥协了。她冷静到一种令人恐惧的状态——两家人合计让叶美玲去说服她，说是说服，其实也不过是把要求条件都和她讲明说清楚——她没有一个字的拒绝，脸上也不挂有一丝的厌恶，她就这样自然而然被转移到了中央大街的下水道里，和那群比她年纪大的姑娘生活在一起，学习用廉价的身体去讨得男人的欢心。

那个时候的多多只知道美惠是从阿策阿爸手上逃掉的，因而他才如此大动干戈地要抓回她，却不知道为什么美惠会落在他手里，也不知道为什么一提到阿妈美惠就妥协屈服下来。

直到两年前，美惠离开了南安并且费尽周章找到了多多，她才把自己流落到南安之前的经历诉诸多多。

那个缠绕着她的梦，总是在夜幕降临以后就张开血盆大口要吞噬下她。像是碎掉的玻璃嵌在肉里生长，留着满身的刺，拔出是一地的血。

她同多多说起的时候已经很平静了，她的语气和缓，似乎是在舔舐伤口一般柔情。反正已经过了那么些年，哪里还有什么了不得的不堪回首。

她出生在鸭绿江的另一边，朝鲜民主主义共和国，父亲姓朴，母亲崔氏，都在两江道的工厂做工人，她原名是智妍，十岁那年全家人决定偷渡到中国。那个季节的水不是很深，有些地方站起来只没过成年人的腰身，有人引渡，五个人一组过河，但那天父亲因为耽搁来晚了，只好凑到了下一批。美惠和母亲一起游过去，还有一对年轻夫妇，抱着出生不久的婴儿，游到河中间的时候婴儿止不住地号啕大哭，探照灯在湖面上来回地移动，那个年轻母亲情急之下用手死死捂住婴儿的嘴将其整个头按进河里不能发出声，直到婴儿连气都不喘了，她连泪也不敢流出来。

等美惠她们快抵岸的时候父亲正在游过来，但临时换了岗，不明状况的一阵狂轰扫射下去一组五个人没一个活命。美惠就站在岸边眼睁睁看着父亲沉下去却强忍住不吭出一声，她和母亲被接应的人飞快地拉离那个地方。沉下去的尸体被子弹穿胸刺骨，水面上漂浮起看不清楚的脾脏红肠，被水流冲往下游。

她们被暂时安置到吉林延边，等攒够了钱，就长途跋涉转移到东南亚小国比较宽松的地方。原本攒了好几年东拼西凑借到的钱，大部分都在父亲身上随着尸体沉到水里了，母亲带着美惠躲在这里，几乎是坐吃山空，根本没有选择的余地，母亲只能走上了和大部分其他藏身于此的女人一样的生活，靠身体来挣钱。

她们过的是集体生活，因为租不起房子而转战城里废弃的工厂。像是打游击战一样，隔不久就要换一次地方，白天不敢出门，只有晚上才是相对安全的。东北的冬天尤其冷，破旧的工厂没有暖气，她们缩在天花板很高的空空落落的房间里，铁皮掉漆的大门被风吹得吱呀作响，身体倚靠着冰冷的废旧机器，买来廉价的被子取暖，也烧一些蜂窝煤和木炭。

烟熏得整个屋子里呛鼻，可好像每个人都很享受地呼吸着这些尘屑。一氧化碳让人昏昏欲睡，精神恍惚时整个身心都轻松起来。不必去考虑未来和生计，那一刻，看着烧得通红的木炭，脸也通红。

有些幸运的单身女人嫁给了当地男人，也有些丈夫卖掉老婆挣够了钱自己成功脱离这里，但像美惠母亲这样带着孩子的几乎没有可能被人收留。

在延边生活了三年，从原先不会中文到能流利对话，美惠个子没有怎么往上蹿，反而越发地瘦弱起来。她不明白为什么有家却不能回偏偏要这般流离失所。父亲告诉她只要游过了河岸生活就会幸福起来，可现在她看到的只是一大片的贫瘠和荒芜，一大片的冷漠和无情。

好不容易等母亲攒够钱，以为日子熬到头了，她们闷头栽进车厢里被拉往广西。一路上母亲反复交代，若是走失了，千万不要说话，要装哑巴，任何人都不可信。美惠点头谨记。

她们要从归春河偷渡往越南，却碰上了接手他们的马眼。

这个高大雄壮的东北人，几乎垄断了接收脱北者通往越南的道路。他们叫他马眼，有两个来历，一是因为他瞎掉的那只眼睛被安上了一颗硕大的假眼，比例奇异，别人戏称那是挖来的马眼；二是和他睡过的女人都死赖着他不肯走，说他的“小兄弟”壮实饱满。

一开始马眼待她们母女是客客气气的，原本收了钱办事是规矩，可临行那天他把美惠母亲送到了归春河越南一岸后，却强行带走了美惠，逼着她母亲成功到韩国后汇来足够的钱才把小姑娘送过去。

后来他找到替死鬼，其实靠的就是这笔钱，美惠还在等着母亲什么时候汇钱过来救自己，却不知道马眼早已把钱花尽。

16.

下水道的女主人是阮凤英，她男人负责把人送出去，她则负责把人骗进来。关系最亲的，就数她的两个侄女儿阮春生和阮春宁了。这些年纪轻轻的姑娘听信了阮凤英的甜言蜜语，以为自己是到中国来享福的，阮凤英告诉她们："中国男人可比我们那儿的好多了，温柔体贴，体格壮硕，随便嫁一个，日子就轻松了。"她们带着嫁妆满心欢喜地偷渡而来却不知自己跳入了狼窝。

没有护照又身无分文，整个南安都是阮凤英的势力范围，她们要逃又能逃到哪里去。阮凤英给每个姑娘都拍了照片编了名号，夜幕降临之后无声的交易就在地下悄然开展起来。在城南那里的矿工多是单身汉，住在临时搭建的简易棚子里，有专门一张床用两块大灰布从上悬挂下来隔开，是阮凤英让他男人和北方来的管事儿工头交涉下来的。其实也没得挑，大家对里头的姑娘都熟悉得很。照片是走走形式罢了，也有人直接点名的。这些工人也没什么钱，糙汉子就剩了一股蛮劲儿。90 年代末的时候还是每次十块钱，时间掐得很紧，但这钱也并不是阮凤英独拿的，工头拿两块，巡视的拿两块，姑娘拿一块，剩下的归阮凤英。

每次进去一个人，其余的就蹲在外面等。那张床一年也不换洗一次床单被褥，这群北方佬还保持着在自己家乡的习惯，一星期洗一两次澡，油腻腻的皮肤翻滚在床上淌下一身的汗。尽管这块地方已经臭气熏天了，黏稠的液体密密麻麻地沾满每一寸空间，但每一个躺下来的人都满不在乎。

一开始那些姑娘还会很排斥，但久了就全然无差别了。她们最大的念想就是被谁看上了娶走，即使是个一辈子翻不了身的矿工也成。

美惠被送到下水道去的时候是傍晚。下水道里接上了简陋的电线，白炽灯发出暗淡微弱的光，连里面的人脸也看不清楚。里头大部分是十八九岁的，也有几个二十出头，美惠是最年幼的，长得也瘦瘦小小，身体几乎没有发育，胸部和屁股都拧不出半点肉。里头的味道是一种复杂得理不清的臭，最边上是流动的地下水，漂浮着从地面上清理的垃圾，十几个人在这里吃喝拉撒，屎尿堆积，她们几乎没有什么隐私可言，赤裸袒露的大腿和屁股，随时蹲下来就可以排泄，面对着恶臭也可以吞咽食物。

阮凤英给她准备了席子和棉被，这里潮湿寒冷，地面上的风会从任何细小的缝里灌进来，又何况这个通道里随时会涌来一股气流。一开始几乎没有人搭理她，大家各自干着自己的事情。差不多又要出去接客了，那些皮肤黝黑的越南女人对着碎玻璃镜往自己的脸上、脖子上抹擦着阮凤英丢给她们的廉价化妆品。那种香气并不比臭味要好闻多少，浓郁得嗅一下，一整天都辨别不出来其他味道了。

美惠倒是想主动和她们说话，可这些女人大部分都愚笨得很，来中国那么久，不仅不会说中文，连听也不大听得懂。一个个还有脾气，按照先来后到的次序摆着尊卑贵贱的架子。年纪最大的那个对美惠的到来做了热烈欢迎，她微笑着走过去提起美惠的席子和被子放置在自己的地盘，然后把自己破旧脏臭的扔给美惠。美惠想反抗，但被几个人接连着往她脚前吐了口水，警告她不准越界。她们虎视眈眈地看着美惠，像是盯着一块鲜肉在垂涎，但更多的是带着嫉妒，嫉妒一个年轻的小女孩即将抢占自己的市场。

有时候会从污水里钻出一些肥大的灰鼠，它们晕头转向地乱跳，一下就跳到姑娘们的身体上。在下水道什么虫类动物都有，第一个晚上美惠就被虫子叮咬得难以入眠，她半夜醒来看到有老鼠在吮吸着其中一个姑娘的脚趾，牙齿尖利地咬下去一口，美惠吓得在角落尖叫一声，所有人都被吵醒了，那只老鼠反倒丝毫不害怕地继续咬着脚趾不放，那个姑娘也不急，抖了一下腿，慢悠悠地用手一戳老鼠的头，它才松了嘴逃开。“别大惊小怪的，吵着别人睡觉。”好像是再正常不过的事情一样，美惠顺着那个被老鼠咬噬姑娘的脚往上看，她的身体伤痕累累，再看看周围所有的人，都早已千疮百孔了。

美惠注意到她旁边的一个姑娘，夜深了也不入眠，爬起来翻找着水杯抖落下很多药剂猛地往嘴里灌。喝下去快半小时就开始抱着腹部弯成弓形，头几乎要顶着膝盖了，她的面部表情狰狞得很，脖子上的青筋都显露出来了，额头冒出密密麻麻的汗珠，才一小会儿工夫背后全部湿透，是那种咬牙切齿的疼，可却不发出任何声音。她咽着口水，憋着气双手不停地摩挲着肚子，时而又捶打起来用力地掐着。美惠这才看清楚她的小腹已经凸起成一个不小的圆球了。她又一次用力地击打自己的小腹，两腿间似乎流出了浓浓的黏稠的液体，整个人呼出一口气突然就昏过去了。

17.

“怎么了，醒醒！醒醒！”美惠急迫地把身旁的人一个个摇醒，“她，她……”满脸惊恐地指向那个贴着墙晕过去的姑娘，颤抖而不知所措。

“嚷嚷什么，一夜都搅得人不安宁，多管闲事儿，她死不了，死了也该。”所有人都嫌恶地瞪着她而冷冷瞥了眼昏过去的姑娘，只有一个人接了话，还是副尤其不耐烦的语气。

美惠蔫在那儿，像一株缺水的植物，看着旁边这个同样骨瘦如柴的姑娘，她连自己都可怜不过来，却还有工夫去可怜其他人吗？几乎没有光，美惠是看不清那姑娘的脸的，但她能觉察到那曲曲折折的身体轮廓，反射着青色微弱的灯光，内脏抽搐着蠕动，一片烂菜叶似的，蜷在那里的姿势，就好像是她逃到东北去时，看到的那些因为饥饿而挣扎最后一动不动僵死在那里的流亡者。

她伸出一只手摸向那张正在枯萎的脸，在黑暗中摸索到上唇和鼻子中间凹陷的部分，像是母亲救醒那些饿昏过去的人那样，用指头猛地掐下去，连续好几下，那姑娘才喘上气醒了过来。

“咳……想掐死我呀你！”没想到她睁开眼就不客气地甩开美惠的手。她的腿吃力地往两边张开，身子已经很虚弱了，靠着墙，腰部使不上力，眼看就要往左边重重倾倒，美惠扑上去用手肘抵住墙，她才稳当当地停在那里调整回原位。

"谁让你挡这儿的，手拿远点儿！"仍旧是没一句好话。美惠把手抽回来，似乎磨破了皮，但这点儿小痛在她身上不过是像被蚊虫叮上一口罢了，只是安静地缩在一边，忧虑地望向那个姑娘。

"别跟我哭哭啼啼的，还撇着个小嘴……"她看着美惠稚气未脱的脸，轻声笑了出来，缓缓抬起一只手想要抚摸美惠，但举到半空腹部一阵拉扯，她疼得猛然用背使劲撞向墙壁，沉闷的声音在下水道里回荡着。

她吃力地伸出一只手要去扯开自己的裤子，眼睛紧闭着，唇齿不清，身体像被丢进绞肉机里绞成零星碎片那般具体而微地疼："还不快帮我一下啊！"

"嗯，嗯！"美惠遵照指示地帮她脱下长裤，手指触到裤裆的部分已经黏湿湿的了，一股腥臭腐浊的味道，混杂着咸咸的血，不用舌头尝，鼻子吸上来，也足够感受得到。

"这件也脱了……"

"嗯？"美惠愣了几秒，咽下去口水，屏住气，又很快地从她腰间剥下来已经湿得重起来的内裤。几乎没什么阻碍，她的两条腿并不比手臂要粗，甚至如果戴上去一只玉镯的话，也能一骨碌推上膝盖骨。只是有股恶臭随之移动，美惠拎着滴流血水的内裤搁到一旁，和先前的长裤摞起来，气味扩散向整个空间。

她突然狠掐美惠的手臂，短促一声尖叫，两条腿之间一股细流顺着地板往下汇入沟渠，模糊的肉块也一点点滑落下去，最后均匀地铺散在地面上，逐渐干涸。

一句道谢的话也没有，反倒是美惠为她松了一口气。

天亮后她们是被从外面回来的李姐和黄莺儿惊醒的。

“又过夜了？李姐真是厉害……”连打着哈欠都要奉承几句，所有人都揉着眼睛醒过来同李姐问好，唯独昨天夜里那个姑娘轻蔑地嗤笑着，嘴里嘀咕起几句听着不咸不淡的越南话。

“说了这儿只准讲汉语，信不信我撕烂你的嘴巴，下贱婊子！”李姐一张嘴，叽叽喳喳的声音立刻斩断。黄莺儿松开原先勾着李姐胳膊的手，弓下腰来往她那儿走。

“春宁，你就忍着点，别老惹李姐……”

“你闭嘴，这儿哪轮得到你说话！”她瞪得黄莺儿退回原地，眼神慢悠悠又转向李姐，“呵，我是下贱婊子，那你算什么，老鼠蟑螂臭虫？整天在耳边嗡嗡嗡和吃屎的苍蝇一样烦不烦人。”

李姐二话不说，冲上去一抬手就想往她脸上甩巴掌，亏得黄莺儿及时拦下来。

“春宁，你就少说两句呗，大家和和气气。”黄莺儿一边冲她说一边又劝着李姐。

所有人都像是看热闹一样隔岸观火。美惠静默念着“春宁”这两个字，心想原来她叫春宁。美惠偷偷看了春宁一眼，头发很长，皮肤并不黑，和阮凤英一样白皙，看起来年纪也并不是很大，胸部才稍微隆起一些，她又把视线往下移，突然骇得捂嘴。胎囊形状的血块支离破碎。喉咙一阵发热，肠胃似翻倒在浪中的船舶，但美惠强忍着，眼睛猛闭起来。

“这是新来的吧？叫什么？”

“李姐问你呢，还不快答。”黄莺儿眉角带笑，美惠一睁眼就看到她的眼神似隐刃藏刀。

“我、我叫……”

“她叫什么你管得着吗？”话没说完就被春宁打断了。春宁本想站起来的，但使不上力气，腰抬不起来。

李姐也看到了春宁两腿间流着的一摊血，突然间更兴奋了：“我说怎么一大早的满嘴火药味儿，原来昨晚这里被你搅得血流成河了，哦哟哟这可怜的小东西，还没能好好睁眼看到这个世界多脏就被自己阿妈像屙屎一样屙出来撒手不管了！”

春宁听得胸口发闷，低着头不再回话。

“还站着干吗，还不快点儿把这儿冲干净，看着就叫人倒胃口，她刚屙完动不了，你和男人睡一晚上力气不应该足得很吗？”李姐一说完话黄莺儿就唯唯诺诺抱着脸盆去水沟那儿舀上一脸盆的水，随手一泼，也不管是不是打湿了春宁那两条腿。那黏在地上的血块被水冲刷几下后就和地面脱离迅速地滑落到水沟里，像一层薄薄的油脂，漂浮在污水上，渐渐流远。

整个过程春宁都低着头，连看也不看一眼。美惠则从心底生出一股无助感，颓丧着脸。

“你要是怕她的话，现在过去求她还来得及。”

“春宁姐……”美惠看着春宁略显憔悴的脸。

“你知道我名字？”

“我听她们都那么叫你。”

“管谁都叫姐，张口即来呀你。”

美惠摇头。

“你是怎么进来的？看你也不像越南人呀！”

美惠长叹了一口气。

“不说拉倒，我也没兴趣听。”

“从朝鲜……”

“哦，我明白了。林东那个王八蛋，什么时候也学他女人干起这种勾当了。”

“林东？”

“你不知道林东？就是阮凤英她男人呀？”

“阿策阿爸？他不是叫马眼吗？”

“呵，马眼就是林东，林东就是马眼呀！你知道阿策，你该不会不知道他叫林宇策吧？”

美惠摇摇头。

“真是傻里傻气的。别怪我没告诉过你，这地方，女人得听男人的，谁也不敢招惹男人，可女人之间不同，非得争个你死我活才罢休。要想出去，只有一个办法，靠男人。”

美惠似懂非懂地点着头。

黄莺儿给李姐铺好了席子，她往里面一躺，黄莺儿又给她盖上厚被子，只露出一颗圆滚滚的脑袋。

除了春宁，这儿所有女人都管她叫李姐，她是里头年纪最长的，已经二十八岁了，长得粗壮有力，胯宽臀肥，身板厚实得很。虽然并不是小鸟依人的样子，可在外面，男人还是逢场作戏地叫她飞飞。矿上那些东北工头最喜欢李姐这样的身形，只有南安本地男人才找春宁这样摸上去没一块肥肉的，做爱的时候骨头磕着骨头叮当作响。她早些时候本来可以嫁出去的，说好了要娶她，她连嫁妆都交出去了，给自己买了一身绣着牡丹的大红奥黛，可男人却卷着钱跑了，不只是她的钱，连工地里工人的钱也没放过，那些工人有气没地儿撒，全撒在李姐身上了——把她叫到矿上，一个个飞飞、飞飞亲热地叫她，却又轮流着将她按到床上进进出出一整夜，最后要不是阮凤英出面协调，她怕是要被那一群五大三粗的爷们儿榨个精干了。她的脾气坏，没人敢惹，大家表面上对她恭恭敬敬，背地里也没少说她坏话。

至于黄莺儿，春宁尤其厌恶她。黄莺儿二十出头，比春生春宁要早来几年。黄莺儿的嘴巴就像黄莺鸟那么甜美，可这甜里带着毒，笑里藏刀让人猝不及防。春生春宁刚到的时候见到黄莺儿以为她是个好人，处处照顾着她们俩，还在李姐面前帮她们说好话。可哪晓得黄莺儿那张嘴，暗地里挑弄是非，当着面又装出一副和事佬儿的样。她常年依傍着李姐，狐假虎威，搅黄了别人多少事情，自己倒是大把大把的好处往口袋里捞。

她盯上了美惠这块鲜肉，笑盈盈凑过来道："妹妹刚来还不熟悉情况，有什么不晓得的，问我……"

春宁啐了黄莺儿一脸口水："妹妹妹妹的肉麻不肉麻呀，你想当别人姐姐，别人还不见得愿意做你妹妹。"

"凶什么凶，吵着李姐睡觉有你好受的。"

"呵！"春宁挪动一下腰，黄莺儿就吓得缩到李姐边上去了。

"春宁姐，我叫美惠。"黄莺儿刚走，美惠就突然和春宁介绍起自己来。

"别叫我姐，显老，我可不是那个人老珠黄的李姐，再说我也大不了你几岁呀。你多大？”

“十四了。”

“我十七，没大你多少吧，可别再叫我姐了！”

“嗯。”

春宁看着美惠那巴掌大的脸，扑哧笑着，却又忧伤起来。

“不要紧吗？”

“什么不要紧？”

“你的肚子，那样……”

“疼也疼过了，还能怎么样。”

“为什么不戴……”美惠因为羞愧而说不出口。在东北延边的时候，她在母亲的包里就翻到过这东西，母女俩面面相觑，后来听旁边的年轻姐姐们谈起才知道的。

“你以为我不想？哪晓得阮凤英竟然把我骗去那里。陈天福那痴呆宝贝弟弟，死活不戴……”

“天宝叔叔？”

“你叫他叔叔？”

“是多多那么叫他的。”

“多多那孩子啊……”春宁话锋一转，“不过傻子也有傻子的好处呀，可比他哥哥强太多，陈天福那家伙，自己明明不行，还整天一副豺狼虎豹的样装给谁看。听阮凤英说连儿子都不是他亲生的，借了他弟弟的种，怪不得那么疼他那痴呆弟弟！”

“啊？”美惠一下子没太听明白，她想理清思绪，可很快春宁又跳到另一个话题了。

“过几天就是十五了，按惯例，恐怕你过完十五就得出去接客了，你以前有没有……”

美惠变得紧张起来，她本想拖一天是一天，可看上去似乎根本没有商量的余地，她只希望母亲快点汇款过来解救她，她想去韩国，不，即使被抓回朝鲜，死在自己的祖国，她也乐意。

“陈天福已经……”

“他对你那个了？”

美惠点头，眼泪又夺眶而出，她抱着春宁，尽量把声音压得很低很低，她不敢吵到旁边其他人，尤其是害怕把李姐吵醒。春宁则抚摸着她的背，轻声安慰她说：“放心，会过去的，等哪天你能出去了，忘掉就好。”

记忆可以遗忘，可伤痛却永不止息地提醒。

18.

在这个封闭狭窄黑暗的空间里，没有任何钟点、星期、月份可言。日子像下水道里的流水一样被挤着度过，每天都在往自己的身上浇灌出污浊的痕迹。连吹过的风都那么不近人情，克制、冷漠、悄无声息。每天送两次饭，每天可以看到两次阳光，其余的时候，微弱昏黄的人造灯光让人觉得活在一个不真实的世界。是的，生活本身就不是真实的。

美惠开始习惯好像只动物那样在众目睽睽下脱下裤子蹲在沟渠边排泄。她已经可以自然而然地看着那么多女人的裸体而不害羞了。她看着她们耸立的胸脯，横生的阴毛，肥胖的屁股。看着她们好几天接不到客人时三五成群抱在一起自慰的样子。

在这里每隔几天洗一次澡，从上面接了自来水管，用水壶烧热，和冷水混在一起，浑身上下脱得干干净净，半蹲着用香皂擦拭自己的身体，当然这块香皂是十几个人共用的，它沾染了每个人身上的气味，然后混在一起，变成一种奇异古怪的香气。

春宁有记日期的习惯，算来今天已经是正月十五了，不出意外阮凤英会过来一趟，然后美惠也开始出关。

春宁告诉过她，你第一次过去，不要紧张，他们叫你张腿就张腿，叫你翻身就翻身，千万不要推开，否则你会被捉住压得更紧更用力。

美惠想起被陈天福按在桌子上，鞭子似的抽打着她两腿间，火辣辣的疼痛感，伴随着经期的血液像海浪一样毫无征兆地翻涌而出。这反而令陈天福越发地兴奋而使劲，丝毫不顾及美惠的感受。

这种恐惧感咬噬着美惠的身体，像一条毒蛇死死缠绕住她，勒住她的长颈，让她无法呼吸。那种疼痛的感觉像放映机反复播着同一卷胶片那样在她的身体上一次又一次地再现。

绝望至谷底了，还有什么能比这更惨烈吗？

从一大早起来美惠就在等待井盖掀开，像一个垂死的老人等待死亡降临。

那些女人正打着牌，欢声笑语在美惠耳中如同针扎一般刺耳。春宁仍在酣眠，这些天身体虚弱十分疲惫，所以起得迟。

感觉到饥饿的时候就是正午了，美惠听到井盖那儿有开锁的声音。并不很利索，反而磨蹭得让人心绪不宁。她反复咽下去几口唾液，说服自己镇定，但仍旧焦虑。春宁醒来拍了拍她的后背，让她别担心。递过去一杯水叫她压压惊。水流经过喉咙的时候反而让美惠打起了寒战。但也因此让她燥热不安的心冷却下来。

“美惠！美惠！”是个男声。

井盖掀开后探进来一个头，从外面射进来的光太过耀眼，里面的人都眯起眼睛看不清。美惠一边用手背遮挡住强光，一边从手的细缝中分辨那人的脸，逆光下的轮廓似乎是……

“多多，是你吗？”

那群女人都停下手中的活儿，仰头看到从井上爬下来一个穿了件深蓝色长袖衣服的男孩，此外还有一张模糊不清的男生的脸，不时在井盖打开的位置晃动。像是在打探着下面的地形，两只眼睛睁得浑圆，又被四周的环境惊吓到。不久前阿策才和阿妈陈天福三个人从这里拉出一具尸体拖往西江河边焚烧，没想到隔了几个月他再次来到这个地方，并且清清楚楚看到了下面的世界。

“阿策也来了吗？”美惠扶过多多，抬头张望着上方，她忽然回过神，“你们，是要带我出去吗？”那句话一下子牵动了所有人的神经，美惠屏着气正等待回答。

“别，我的小祖宗们，可别胡来。”还没等多多回话，春宁赶忙喝止道，“你现在带她出去，那是害了她。”

多多因为气味刺鼻连续咳了好几下，低头不语，美惠原先激动的情绪被春宁的话惊醒，镇定下来，哀哀地看着多多怀里紧揣的盒饭。

“这是？”

“噢，是我阿妈亲手煮的汤圆，红糖水的，可甜了。”因为鼻子憋着，说话显得有些奶声奶气。

当他说到红糖水的时候美惠正对面的方向传出了啧啧啧怪异的笑声。

“别理她，你们聊你们的。”春宁一见是黄莺儿，便轻轻抬起下颌，用鼻尖对着她。

“你们是怎么过来的，外头不是有锁吗？”

“是阿策，他……他偷了他阿妈的钥匙。本来想开了锁就带你跑的，可是发现完全行不通……”他边说话还边小心翼翼地查看四周的环境。肥大的老鼠和蟑螂快速地飞檐走壁，从任何觉察不到的角落蹿出来又钻入细缝里消失。

“胆子还真够大的，连阮凤英的钥匙都敢偷，回去了可有你好受的。”春宁插了嘴，慢慢爬起来捏了一下多多的小脸蛋儿，眯着眼，“回去告诉你天宝叔叔，我以后不想见他了，脑袋不好使，嘴又不会哄人，还得了？”

美惠听到春宁那么一说破涕为笑，忧伤的情绪减少了大半。

“兔崽子，你蹲上面那么老半天不下来？”春宁冲阿策吼，又转过头对美惠讲，“算起来他还得叫我表姐呢……”

“这儿哪个人不和阮凤英扯上点关系哟，你是他表姐，我们就不是他表姐了吗？”

春宁嗤的一声对黄莺儿露出一副嫌恶的表情，也不回她，让她的声儿像石子儿一样沉落到水沟里只惊起一点儿涟漪。

“我不下，我得放风。”阿策帮多多看着，就像那时候帮阿妈和陈天福看着别人一样。

“多多呀，以后没什么重要的事儿你就别来这儿凑热闹了，这不是你该来的地方，你也知道，美惠，她出不去，即使这井盖敞开着，她又能逃到哪儿呢？别说离开南安，没走到城郊，不是被当作非法偷渡关起来，就是被其他人抓走卖到更远的山里。你以为我们没机会逃吗？没一张能证明你身份的纸，这世界就没你存在的理由。”刚刚还说笑打闹，春宁转脸就严肃起来了。

“可是我们去找警察，找边防，把事情说清楚，他们一定会帮我们的……”

“你以为阮凤英会让她们安然无恙地走到那里？别傻了……”

“我……我就想看美惠，我就想！”多多嘟囔着，他把饭盒递给美惠，悻悻地想抱一下她，可又害羞不敢，隔着几十厘米的距离，多多轻声留下了句，“我会再来的！”

他转身就往井盖上爬出去，身形像只敏捷的蜥蜴，和这群扭着大屁股沉甸甸的女人截然不同。

美惠抱着饭盒看着多多和阿策慢慢将井盖盖上，光线透进来的部分渐渐缩小直至没有。

还没来得及多看一眼阿策的脸。她想，若是下来给她送盒饭的是阿策就好了。春宁似乎看出了美惠若有所思，用手指戳了她一下：“怎么，少女思春呀？”

“哪有！”美惠回答得很快，生怕引起春宁的误会。

“你不说我也知道，你喜欢阿策，刚刚你眼睛就没离开过顶上。”

“我……”

“你就承认了吧。”春宁抽抽鼻子，“可惜了这多多的一片苦心了，这汤圆闻着还挺香，一直听说叶美玲手艺不错，还没机会尝尝呢。”

“我就知道你是个小骚货，才来多久就想着迷惑这两个小毛孩子为你英雄救美，不过你巴结谁不好竟然去巴结了陈天福和东哥家的儿子，哦哟哟，真是笑掉大牙，你以为你和人家春宁一样呀，傍上陈天宝那傻子想早日脱身。”

才消停一会儿黄莺儿那尖尖的刺耳的声音又跳出来搅扰得人心烦意乱。

“我、我没有……”美惠咬着嘴唇，春宁按住她的肩膀示意她不要动，愤愤不平地冲过去就往黄莺儿的脸上直甩巴掌。

“打狗也得看主人，你可别太过分！”这巴掌还没能甩出去，李姐倒被吵醒了，她斜躺着蹬直右腿往春宁那儿一扫，春宁整个人啪的一声栽倒在地，她的手腕和膝盖都蹭破了皮，小腹重重地撞击到地面，美惠急得要过去扶她，哪知黄莺儿又快速地挡在前面劈头盖脸地骂她：“谁让你扶了谁准许你扶了！你这是迫不及待送上门来给李姐好好教训下你是不是？”

美惠强忍着保持镇定，可她的两条腿还是微微地发起抖来。

“莺儿你说话温柔点儿呀，待会儿人家和陈家林家的太子爷告状，说我专欺负新来的小姑娘，以大欺小，这可就不好了呢！”李姐打了个哈欠，“好好的觉也不让人睡，净是些烦心事儿。我说，你手里抱着什么呀，大伙儿可流着口水等着你这好吃好喝的呢，自己一人独享可是不合咱们规矩的！”

“是……是汤……”美惠正答着，黄莺儿就往前跨过去一步伸手握住饭盒猛地扯过来，但没想到美惠那么死死地握住，两人争执不下，黄莺儿一抬手打翻了这个饭盒，糖水全泼出来溅到美惠的脸上、身上，头发都黏黏湿湿的。黄莺儿愣住了，可她只吸了口气，又露出一副幸灾乐祸的表情：“啧啧啧，真是可惜呀，还没来得及尝一口哟，多多得多伤心呢。”

“既然那么不想和大家一块儿吃，你就自个儿全吃了吧，也别浪费，叫我瞧见了心里起疙瘩。”李姐看着汤圆一个个落地后往斜坡滚下来粘到污浊的小水坑或是垃圾堆边，“站着干吗呀，还得我喂你是不是？不然这样吧，莺儿你帮她数数看，有几颗汤圆呢咱就给春宁脸上打几巴掌，小姑娘吃下一颗，我们就少打春宁一巴掌，要是全吃下了，那咱们就两清，你们说，这样好不好呀。”

原本鸦雀无声的那群女人又纷纷表示赞同。

李姐的一只脚踩在春宁的手上，她趴在地上，起不来，只能扭着脖子看美惠，嘶吼着，想要阻止她。

美惠缓慢地蹲下来，身上还挂着湿漉漉的糖水，她像只在垃圾堆里翻找食物的野猫那样，一颗一颗地把汤圆塞进嘴里，一连塞了五六颗不嚼也不咽，污水从她的牙齿、口腔里渗出来，流淌过她的下巴，又滴在地上。她用这种无声的方式表示抗议，她的嘴已经被塞得满满的了，两眼无神，还要继续塞，继续让黏稠的糯米和芝麻馅儿填满她的嘴。

19.

头顶的井盖突然又打开了。是钥匙准确利索插进钥匙孔的声音，快速稳妥地将井盖挪开。这个熟悉的节奏，不用看，也知道是阮凤英来了。

她每一个步子都稳稳当当，穿的是一双高跟皮长靴，双排扣的深棕色大风衣，新烫的卷发被她梳往右肩，淡淡的香气飘散，让那廉价化妆品味相形见绌。

她爬下来，落地站稳，看见现场一片僵局，清了清喉咙："你们这是演哪出戏？乱哄哄的，春宁你怎么趴在地上，美惠，怎么搞得那么湿，你嘴里是什么？"她走过去扶起美惠，然后让她吐出嘴里的东西，惊讶地叫了声："一口气吃那么多汤圆，可别把自己给呛住。"她又看了一眼李姐，强势的眼神让李姐立马败下阵来，把脚挪开，春宁爬起来捂着肚子侧身坐着，一切又恢复平静。

"弄那么脏，今晚可是你第一次接待，搞得跟煤矿工似的，你先跟我回趟家里洗个热水澡吧，省得做赔钱买卖。"阮凤英掏出来一支烟给自己燃上。她抽烟的姿势很性感，指甲最近涂成了玫瑰红，两瓣薄薄的嘴唇也沾着口红。她吐一口烟气，整个下水道都充满烟草的气味。

李姐的嚣张气焰算是给彻底压下来了。整个南安的女人里面，就只有阮凤英能镇得住她。她以前管阮凤英叫表姐，她们是同一个辈分的，可来到中国以后阮凤英就不许她那么叫自己了。说实话李姐尽管后来意识到她被阮凤英骗到了这里过苦日子，可她却一点儿也不埋怨阮凤英，她觉得在哪儿都是待着，至少这里能让她感觉到自己的威严，训斥着一群比自己年纪小的女人，成了她活下去唯一有意义的事。

阮凤英就那么领着美惠出去了。她这次来本是担心美惠跑出去被人给逮着了，现在一看人都齐，就放心了。

路上美惠大口大口呼吸着新鲜的空气，她已经好些天没有在阳光下看周围的景物了，她恨不得一下子把所有都看个遍，现在甚至连一朵云、一阵风对她来说都显得弥足珍贵。

"你别怨恨我，把你丢到大马路上，也不见得就比住在下水道里好。我知道你今天遭欺负了，可你要想啊，你在下边，就十几个人，是敌是友分得很清，不像外头，指不定什么时候你就掉到别人的陷阱里，永世不得翻身。"阮凤英说这番话的时候把烟掐灭，她的表情自然而平淡，不严肃也不松懈。

美惠沉默地跟在她身后，似懂非懂地点着头。她不明白阮凤英为什么要对她说这些，或许只是为了安抚她断绝一切逃亡的念头。事实上她从一开始就没打算走，只是今天多多和阿策突然地出现让她忽然又生出了希望。她好恨这种希望被撕碎的感觉，宁愿从不曾有过念想。

"其实你想要离开下水道也不是不可以，办法只有一个，就看你做不做得到了。"阮凤英说起话来阴阳怪气的，脸色神情也风云莫测。

几乎是一百八十度的反转，美惠的背后渗出了一身冷汗。阮凤英没有一句话让人觉得刻薄，却冷静得叫人惊慌。

"先进来吧，东哥去找陈天福喝酒了，阿策也被我赶到多多那儿了。"阮凤英领着美惠跨进门槛儿。这是美惠第一次踏进来，尽管就在多多家旁边，她每天都看着这栋阴暗的小楼。

窗帘全被拉上了，几乎不透光。除了味道，里面阴森的感觉和下水道别无二致。她似乎明白了为什么会把人安置在下水道——因为设计这个的主人自己本身就居住在一个古墓般幽深的环境里。

“你是在好奇为什么家里那么暗吧？”阮凤英的声音幽幽的，她把大衣挂在厅堂的晾架上，“你以后就会明白的，明亮和黑暗，其实没什么区别。我上楼拿毛巾，你去右边的房间脱好衣服等我，水已经烧好了。”

美惠看不清楚阮凤英是否已经上楼了，但她的声音渐渐减弱，整个一楼就剩下美惠一人，空荡辽阔。因为黑暗，所以看不清边界，墙壁和帘布都消失得模模糊糊。回声很结实，美惠的脚轻轻挪一下，她的耳边就收到连续不断的声响。

尽管很暗，但还是很明显可以觉察出这里和多多家很不一样的装潢，摸上去，连楼梯的扶手都雕刻得精细，是花藤的图案。美惠在心里惊叹。

她按指示走进了右边的房间。很黑，便按了电灯开关，眼前赫然出现一个巨大的木桶，水汽腾腾地往外冒。

“怎么干站在这儿，衣服脱了呀。”阮凤英出现的时候已经换上了一身睡衣拖鞋，珊瑚红的丝绸质地，头发是盘起来的，露出尖尖的下巴。睡衣的领口很宽，解开胸前两颗纽扣后整条睡衣就经过她白皙的皮肤滑落下来。前面挺起粉扑扑耸立的乳房，美惠只看了一眼，就害羞地闭上眼睛。

阮凤英走过去打理美惠黏在一起的头发，帮她脱掉衣裤，整个过程美惠都闭着眼。直到两个人都赤裸相对了，阮凤英又往自己头上裹了一条毛巾带着美惠踏进木桶里泡澡。

温热的水让美惠的脸颊泛红。她又偷偷看阮凤英的身体，三十几岁的年纪，腰部竟无一丝赘肉，整个身体的线条像一具精美的瓷器。反观自己，腰部往上一排整齐的肋骨，胸前倒是有一些发芽的痕迹，手按下去，会有胀痛感，仿佛是在生长，可几个月过去了，也不见有多少长进。她又瞥了一眼自己两腿之间腹下那层短短齐齐的毛，没有一丝的美感。几乎是要叹出气来，阮凤英却突然说了句："是不是也想要和我一样。"

"嗯？"美惠愣在那里佯装不明白。

"女人都是离不开男人的。"阮凤英突然伸出一只手来摸向美惠的胸部，"如果是喜欢的男人碰这里，每天揉摸它，就会更大一些，你还小嘛，还可以一直长，不过就看你够不够乖巧了，呵呵。"一开始美惠是退却的，一直把身体缓慢地往后靠，直至抵着木桶无处可逃，而阮凤英妩媚的笑靥让美惠几乎是处在一种醉酒迷离的状态了，她自然而然地闭起了眼，任由一双柔嫩的手在水里摩挲她的身体。

阮凤英用一只手指从美惠的小腹一直向上游移，划过喉咙，触到下巴，再到嘴唇，一碰到两唇间的分裂线，美惠就含住了那只手指，像吮吸着母亲的乳头那样一点点让手指伸入自己的咽喉。

天色已经接近傍晚，气温逐渐降低。美惠昏昏沉沉地靠在快要冷却的水里。阮凤英让美惠醒过来，擦干了身上的水珠，用吹风机吹干了头，坐在梳妆镜前，阮凤英开始帮美惠做细致的装扮。

略施粉黛，画出一条细细长长的柳叶眉，脸颊扑了粉，染上红胭脂，口红是初熟的樱桃色，俏皮而诱人。上了一层睫毛膏，原先稀疏的睫毛忽然变得细密齐整。阮凤英还给她身上喷了香水，是淡淡的茉莉清香。

如此大动干戈实在叫美惠匪夷所思。春宁曾告诉过她，平日接待的，也不过是矿上那些粗俗的工人。刚收了班澡也不洗挂着一身汗臭就往身上蹭。一个个都跟豺狼虎豹似的，也不管模样如何，黑了灯，就啃起肉了，除了摸上面，就是摸下面了。

阮凤英还特地给美惠准备了一条雪白纺纱裙，衬得她不显瘦反显均匀。

镜子里好像换了一个人，美惠又凑近了些瞅，吓一跳。不过更让她料想不到的，是她今晚要接待的第一个人。

20.

顶上的玉兰罩花灯被按亮，流光溢彩的，厅堂的格局才明朗起来。

美惠被阮凤英牵引着从卧室又走下楼梯到了一楼，黄花梨木的矮几上混立着几颗菠萝，还未切开，香甜的气味就已弥散出来。

“开春新摘的，他们说是从玉林拉来的我才买，价格可比本地的贵，厨房有切了片泡过盐水的，想吃过去拿了便是。”

美惠点头。听着阮凤英说话的语气，缠绵悱恻的，又带有点儿温情，总觉得哪里不对。

一楼大门正对的厅墙摆有供台，两支红烛的火苗明灭扑闪，除了祖宗牌位，灶神、财神也被一并请到这里来了。大概是图个省事儿。

供台右侧的墙上有一只深棕古朴的镂花自鸣吊钟，已经近七点了，按照以往的经验，外面天色很快就如瓦湛蓝。除了雨季，少有看到灰色或漆黑的夜晚。

阮凤英用眼角斜乜了眼钟里的指针，屁股轻挪过去靠在美惠旁并坐。她的手自然地抬起来笼着美惠的手指。抓猫似的一捏，嵌到指缝里，欠身欲起，美惠也只得跟着站起来。

“快到点了，待会儿送你上房间，不许出声，也不要多问，记住我和你说的就好，男人永远是你活下去的唯一指望。”

两瓣嘴唇在美惠的眼睑上方似秘符咒语般翕动，字字句句都锥刺入心。

迷迷糊糊上了三楼，进到一个未踏入过的房间，按开了灯，美惠环顾四周，又转过身低颔俯首小心翼翼地问："不是要到矿上去吗？这里……"

等听见一阵清脆的钥匙碰撞声阮凤英已经关门上紧了锁。

敲了好几下门也不见回声。美惠也不挣扎了，悻悻地叹气。

房间的格局很松散，那张越南红酸枝木大床并没有两侧贴壁，而是选择头顶墙，尾朝窗，两边留空。床身绲黑金边，雕刻的纹理是玫瑰花藤，两相交缠，规格是双人床。

刚刚她已经去过阮凤英和马眼的卧室了，她想不出来这间房的主人是谁。天气刚回暖了些，房间里受潮，墙壁和地板都湿漉漉的，入夜又凉下来，水汽蒸发。美惠走到大窗子前，拉开帘子，玻璃上一层朦胧水滴，用手指涂开一小块透明，正对的是多多家阁楼的窗台。

她挥了挥手，想叫一声，但只是把手伏在玻璃上，站在那里盯着看，要是多多正巧探出个头，或许就能对视上了。

一楼的钟鸣七下，咚咚咚像是敲在骨头上一样，钻过铜墙铁壁把声音传送上来。夕阳的光辉似被铅球拉扯着猛然沉坠入地平线，整个天际倏忽暗淡下来。

冷风簌簌吹着，留了很久的长发往后扬起，露出一截冰凉凉的脖颈。

阮凤英两腿交叉搭着坐在正堂仿古的扇形宫帽椅上，背板和扶手的线条肃穆凝重，她胭脂红的指甲间有支燃而未尽的烟，嘴唇咧开小口吐着气显得愉悦轻松。

意料不到的是，林东回来了。满身酒气臭烘烘的，一打嗝，张嘴刺鼻的酸味就迎面扑来。酒精冲上脑门儿，脸红通通的，光着膀子迷糊地把衣服搭在右肩，靠在门边歪嘴笑，一口发黄渗黑的烂齿。

“从早喝到晚也不知道歇着，又不是非得在这一天里把酒都喝尽。”阮凤英数落着他，又将他扶往楼上。

美惠听见楼梯台阶有动静——不疾不徐地踩踏着地面，步子拖沓冗长，好像每迈上一步都要喘口气休息一般。她走上前去把脸贴着门细听，声音渐弱了，在二楼的某个拐角深入，并不是往她这个方向过来。

她走了神，可姿势仍保持着站立并贴住门。

二楼的事务还没处理好，一楼又进了人，大门合页起了锈，一推动就会发出尖锐刺耳的声响。阮凤英把林东扶上床后，掩了门急匆匆就下楼去顶住来人。

是阿策。

“晚饭在多多那里吃了，不饿。”没等阮凤英开口阿策就用话堵住她的嘴想直接从她身边绕过。

“你给我站住！”阮凤英退后挡在了楼梯口，“早上摸我钥匙耍么子去了？”

“明知故问。”阿策故意把头仰起来，用下巴对着阮凤英的额头。

“翅膀还真是硬了，连我都敢顶撞。”虽然有些不悦，可阮凤英还是笑咻咻的，“还不快上楼去，都给你准备好了！”

“你在说什么？”

“我是你亲娘，你想瞒也瞒不过我呀！”阮凤英叉着腰，“美惠在房里，我把她带来，可不是要让你和她谈情说爱耍朋友的，男人，就是要玩过瘾了，就懂得丢一边去。女人是祸水是祸害，你早点儿认清早点儿醒过来，省得整天跟着多多那野杂种瞎胡闹，胳膊肘往外拐，人家叶美玲想把美惠收回家你也跟着凑热闹！”

“多多不是野杂种！你怎么张口就骂人！”阿策瞪了他阿妈一眼，怒气冲冲地往楼上跑，一步三级台阶地跃，几乎要闹得地动山摇。

一口气冲上三楼，看见房门上着锁，阿策猛力敲打着，大呼美惠的名字。美惠一惊，隔着门回应着阿策。

阮凤英提着一大串钥匙慢慢悠悠地走上来：“急，猴急，这性子简直和你阿爸一模一样！”

阿策不说话，让开一条道儿让阮凤英过去开门。

门打开的一瞬间美惠看到的不是阿策而是阮凤英，她的笑靥僵在那儿，尴尬地拢上微翕的嘴，眼睛再往后一眺，才见着了阿策。

阿策看到美惠的第一眼便愣住了。

没等阿策反应过来阮凤英已经利索地将门再次锁上，等他意识过来转身拧着门把用力后拉时已经不起丝毫作用。

“也不知道我妈脑袋里都在想些什么奇奇怪怪的东西！”阿策泄了气坐在那张大床上。

“这是你的房间？”美惠和阿策并排坐着，手轻抚着这张床边精细的雕纹。白炽灯的光线像是过了一层滤镜，橘黄的暖色调，并不刺眼反显温和。

“是啊。”阿策注意到美惠的眼骨碌转动着，正环顾四周，便补了句，“都是我阿妈挑的，没一样让我觉得舒服。”

“那你喜欢什么样子的？”

“也没什么要求，至少不像现在这样硬邦邦的，全是木头家具，屁股都硌疼了！”

美惠掩面而笑，指缝间还是可以看见她的明眸皓齿。

“这妆是我阿妈给你化的吧，以前可从没觉得你长得好看，现在看上去倒是挺……”阿策自己也害羞起来了。

“这些东西抹在脸上怪别扭的呢，感觉脸紧绷着，稍微一笑总觉得粉就扑扑往下掉。”

“你是还没习惯吧！女人，大概都这样……”

“哪样？”

“反正……你化了妆是挺好看的……”阿策吐吐舌头，赶紧转移了话题，“今天我到井那儿看你，里头那些女的，可真吓人！”

“她们也不全都是那样的……”

“也不知道阿妈为什么要把你关到那里去，她们那些人都古古怪怪的。”

美惠欲言又止，想了想，还是不要告诉阿策的好。

“她们都无家可归，是你阿妈收留了她们啦……”美惠说的时候眼神里努力不带有一丝感伤。即使让他知道事实又能怎样呢，不过使他徒增烦恼忧愁罢了。

“这样哦……”阿策揉了揉眼睛，“你最近……今天我没能下去看你，你在那里过得怎么样，还好吗？”

“嗯。”美惠点点头。

“那，她们有没有欺负你？你那么瘦瘦小小的……”

“她们都很照顾我，就像，就像姐姐们一样。”明澈的眼睛里不沾染一丝灰尘。

“那就好啊，多多可担心你了，怕你吃不好穿不暖的。我阿爸那里我是没辙了，现在十个我也打不过他，不过你放心，我再努力长高长大一点儿，阿爸训不动我了，我就帮你找路回家！”

“呵呵，你真好。”

阿策挠挠脑袋，故意眯起眼问她：“现在才知道我好啊，以前就不觉得吗？”

“啊，不是的，第一眼看到你就觉得你很好呢。”

“哦，是吗？知道我阿爸是马眼以后也这样觉得？”

“他是他，你是你，我当然会分开呀。”

“哈哈，你真是和多多一样可爱呢！”

“他是傻得天真啦……”两个人相视一笑，等停下来，就不知道该说什么了。

阿策适时打了个哈欠：“今天和多多捣鼓了一整天，实在太累了！”

“困的话，你躺下来休息哦，说不定醒过来的时候门锁就打开了呢。”美惠笑起来眉毛是往上翘的，两只眼半眯着，睫毛细细密密的。

“那我就……”阿策晃晃悠悠一头栽到被子里，手脚缩起来话还没说完闭上眼就入眠了。

“还真是说睡就睡啊。”美惠帮阿策把被褥拉好盖到脖子，他睡觉的时候像只安静的野兽。躁动不安的，眉头仍旧是紧皱着不肯松弛，两只手也蜷成握爪，防备着随时醒来抵御攻击。嘴唇并没有拢得很紧，露出一排整齐的白牙。美惠伸出手来轻轻抚着他的嘴唇，想要用手把两瓣嘴唇合拢起来。阿策翻过身一动，美惠的手很快就缩回来了。她闻到阿策身上有一股清淡的奶香气，腥腥咸咸的，是少年独特的气味。

她不由自主地凑过去轻嗅他的耳根、鬓发，洗发水的清香，又细细瞅他薄薄的眼皮和挺拔的鼻梁。皮肤是稻麦的色泽，被阳光晒得很均匀。脖子那里长出了喉结，咽下口水的时候显得特别清晰。

视线从上往下转移，跳过胸膛小腹，直接到裤裆那里，凸凸地撑起了一顶小帐篷。

“呀……”美惠羞涩地把视线挪开，正巧同刚睁开眼的阿策对视上了。

他咽了口口水直挺挺坐起来，很不好意思地用手捂着下身，抿着嘴冲美惠笑。两人之间的距离只有一个拳头，视线都模糊无法对焦了，美惠慌乱地紧闭上了双眼，心扑通乱跳，两只手垂放在腹部手指交缠溢汗，突然间，阮凤英尖锐刻薄的嗓音从墙外传来。

两人都吓了一大跳。

“又怎么了！”阿策跳起来跑到门边对着外面大吼。

阮凤英上来解锁，一开门就往美惠和阿策手里一人塞了一个口罩。

“先下来喝板蓝根，待会儿把你阿爸也叫醒。”

“又发什么神经病。”

“什么神经病，都火烧眉毛了！越南河内那边来的消息，说是什么流感，广东那边已经死了好些人了，救不了，我刚到矿上去，好几个工人发烧已经被拉走了，我待会儿还要过井那儿去给她们发药，可别再出什么乱子了。”

“不就是流感嘛，年年春天都有，大惊小怪，我不喝，要喝你自己喝。”

“这种时候还跟我耍什么脾气？你到外头看去，消息才传开，谁家不赶着抢着买那些醋呀药呀消毒水的呀！”

阿策依旧不肯搭理阮凤英，反倒是美惠先顺从地点着头。

“还是美惠明事理。美惠呀，本还想留你在这儿过夜的，看来是天不留人，你和我下楼，陪我去拿了药一块儿送回去。”

“我也要去。”阿策急忙插了嘴。

“我没工夫理你，你在家待着，哪儿也不许去。”

“我偏不！”阮凤英和美惠往楼下走，阿策也跟着走，阮凤英也没拦他。

每个人都猛灌下去一杯板蓝根。阿策是捏着鼻子喝的，尽管并不苦，但他尤其讨厌药的味道。

提着药箱子和消毒水还有几根体温计就出了门去——都是阮凤英刚刚在矿上工头那里拿的——工头还想趁着大灾大病捞一笔，家里已经囤上了满满一仓库的板蓝根和米醋，消息半个月前就从广东传了过来，可这里的人不当一回事儿，要不是刚刚有人从河内那儿回来确认了消息，恐怕事情还是得往下拖。

路上叫了辆三轮车，用的时间比平常缩短了一半。几乎是敞篷的，风把头发、衣裙都吹得四散，脸上的粉末也落得惨淡。街道上几乎没什么人，中央大街的灯一盏接一盏地熄灭，到最后就只剩下清淡的月光了。菜市场也被喷上了稠稠的消毒水，好像是突然间世界就换了一个颜色。

似在雾中不见景。人心惶惶，连呼吸都要小心谨慎了。

一到井那儿阮凤英就赶忙跳下车把锁打开，提心吊胆的，也顾不得是否得体了，保持着乱糟糟的发型，爬梯子下到半空就忍不住嚷起来：“晚上不用出勤了，外头现在正闹病呢，你们吃药，每天都把体温报给李姐。”

才气喘吁吁地站稳，姑娘们就都蜂拥到她身旁，大家的妆都化好了，特地喷了浓浓的香水，整个下水道的香气已经混杂得刺鼻。大家都抱怨着说自己非得出去不可，只有李姐和春宁两个人闲淡地坐在一旁。黄莺儿的表情有些诡异，所有人都愁眉苦脸，她倒是一点儿也不觉得伤心。阿策仍旧是在井上放风，美惠径直走到春宁旁边挨坐着。

阮凤英让李姐和黄莺儿给大家发了板蓝根，又亲自喷上消毒水。每个角落都没落下。别说老鼠蟑螂臭虫，就连人嗅到这消毒水的气味，也呛得精神萎靡。

“以后每天起来就得洒消毒水，命是你们的，想不想活我管不着，可谁要是敢拖累我，尸骨也不给留下一根！”

全场安静下来。虽然还是一副抱怨的嘴脸，可谁也不敢再嘀咕什么，三五成群又坐一块儿该打牌的打牌，该聊天的聊天。一个个都表现得姐妹情深，可心里早就把对方捅了好几刀。

春宁从早到晚都没有吃东西，有气无力的。美惠给她倒了杯水，灌下去，水流经肠胃每一处的声音都清晰可辨。

等所有人都回到原位了，黄莺儿发完了药，大大方方地走到阮凤英身旁，凑到她耳边悄声细语，她忽然成了大家注目的焦点，叽叽喳喳谁也不知道她嘟囔些什么，眉飞色舞的，像是故意要让所有人都看见一样。

“你确定没在骗我？”阮凤英瞥了一眼黄莺儿。

“哪敢呀我的姑奶奶！”

李姐站在离她们不远的地方装作什么也没听见。极力克制的气定神闲，但她的表情还是出卖了她——和所有人一样都是一脸疑惑。

“又有好戏看了。”春宁盯着黄莺儿咽下最后一口水。

黄莺儿到自己的睡处拿起一只皮包和一件新买的大衣，看也不看李姐一眼，和大家道了声别，就尾随阮凤英离开了下水道。

所有人都发出一声惊叹，唯独李姐的表情严肃不变。

21.

“外头真有阮凤英说的那么严重？”疙瘩暗黄的指甲片被钳子咔咔剪断四处乱跳，春宁懒散的声音稀稀落落地传到旁边那群姑娘的耳朵里。

她问的是美惠，可其他人纷纷转过来脖子侧身倾听。

“的确比平日冷清些，但她好像也刚刚才知道，急匆匆的，倒是黄莺儿，猜不透她说了些什么。”

“就她那点屎尿，能耍出什么名堂来！”语气轻蔑得很，下巴略抬起来眼睛朝对面瞥了一眼忽地又话锋一转，“不过也说不准，没看见刚刚人家临走前连看都不看我们李姐一眼吗？”

美惠听出来春宁是话中有话，怕李姐又来找麻烦，便没再接话，而是偷偷观察着四下的环境。

两盏白炽灯烧坏了一盏，却也没人主动去换，光线暗了许多。面容和轮廓都像蒸在水汽中，模糊不清。

李姐一声不吭地靠在角落里抽烟。蒙蒙的雾气在下水道里挥散不去。味道欲盖过浓浓的消毒水味儿，但只是徒劳，一呼吸那股呛鼻味儿还是刺激着神经。

美惠反倒有些同情起李姐来了——透过烟缕白光，她看见了李姐浑身散发着廉价的孤独。皱巴巴的椭圆形被撕拉得扭曲孤独，在阴冷潮湿臭气熏天的过滤下，爬到李姐那张圆润又粗糙的脸上。

旁边是空空如也的席子，已经开始有蟑螂臭虫肆无忌惮地侵占过去了。李姐想挥手驱赶，却又缩了回来，尴尬地停在半空。

春宁的下腹蠕动起来，时急时缓，方才还高谈阔论，只稍用力一笑，便疼如刀割起来。

天旋地转的，好像有人孜孜不倦地从她身上斩下来一块又一块的鲜肉扔进绞肉机里打成碎末，血水翻涌。手一直按住痛处，连呼吸都要小心翼翼才缓解片刻。

“看来没流干净，明天上卫生所做个刮宫算了。”整个人虚弱得像发紫的山羊，声音都颤抖了却还努力装出很轻松的样子。

“你说的刮宫……是……”美惠迟疑地问出来。

“就是用刮匙伸到子宫里把胚囊什么的刮干净。上次药流没弄干净，这回一下午就能搞得定，不疼的。”

“真的……不疼吗？”想象着把双腿张开往里面放进去一个尖锐锋利的铁器就让美惠毛骨悚然。

“要不然下次你试试？”春宁一副嬉皮笑脸的样子让美惠看着直心疼。

“下次，你下次千万要小心才行。”

“有什么办法呀，拗不过陈天宝。别以为他傻，骨子里和他哥哥一样精明着呢。”春宁叹了口气，“才晚吃了一天，就中奖了，看来老天还真是眷顾我。”

“老天，老天已经很眷顾我们了。”美惠这话说得尤其没底气。

“别想这么多了，管它呢，疼两天，后面的日子总能快活呀！”

“嗯。”美惠和春宁并排靠着墙，灯光照在流动的污水上像釉似的发亮。闭上眼似乎还能感受到那亮光穿透薄薄的眼皮，穿过胸膛，穿向未知的领域。

美惠醒过来的时候看见春宁正举着一枚小银镜化妆。光打在她的侧脸柔和温婉。

“你起来了，来，快过来帮我画这条眉毛，怎么画也画不顺眼。”

美惠揉揉眼睛：“不是下午要上医院去吗，还画？”

“出门怎么能不画呢？”

“可不是只有见男人的时候才……”

“没男人的时候就更得画了，女人见女人，就跟两国交战一样，气势上绝不能输给别人。”

美惠扑哧笑出来：“不过你不用化妆也能赢。”

“那倒是。”春宁又往镜子里瞟了自己两眼。

等到阮凤英过来开锁的时候已经是下午两点。

她检查过一遍体温，又洒了一遍消毒水，看着每个人都往嘴里灌下去板蓝根。交涉很久才放美惠和春宁出去，要她们太阳落山前赶到家里去找她。

三个人都站立在洒满阳光的地面上，可一转身，就分道扬镳。阮凤英的脖子上系着一条酒红色的真丝围巾，色泽亮哑交替，在风中飘扬着。她高高的赭褐色皮靴轻快地踏在中央大街平坦的路面上，径直往陈旧斑驳的百货大楼走去。

春宁也抬起她高傲的下巴。穿着一条带丝绒绲边的大衣，配上一双石榴红蛇皮纹高跟鞋，挽着着装清淡的美惠，斜穿过马路对面的小巷。

地板是正方灰石块铺成的，参差不齐，下午三点的光线从瓦顶斜穿而过，落在暗红砖墙上，从墙根往上爬，以难以察觉的速度，逐渐攀升到接近腰高的位置，横斩一截，亮暗分明开来。

春宁扭摆着腰肢轻盈地穿过去，她那双皮鞋的颜色和石榴籽儿一样晶莹剔透，反倒是上身衣着因为没有强烈的光线而显得暗淡无光。

绕出去得经过菜市场旁的公厕。

四面八方三教九流的人都在这里进进出出。

茅坑熏黄的墙面上喷涂着各种字迹，迷魂水、壮阳药、堕胎、毒品……应接不暇眼花缭乱。头顶是无棚的，下雨天污浊肮脏的水就会从粪坑里漫上来没过人的脚踝，泛滥的排泄物已经被水稀释得无法凝结成团，而是在水面上漂流着，虎视眈眈随时要附着到路人的身体上一样。那些穿着廉价塑胶凉拖的无业青年，毛发邋遢浑身湿透，举着代销店买来的劣质美工刀守在厕所门口做着打劫的勾当。常常一整天也捞不到半分钱。瘦骨嶙峋又原路折返。

当然这一切都被曾长期出没的春宁看在眼里。

没有同情，也没有愤怒。好像世界本来就该是这个样子，不需要理解也无须改变。

那棵高大的木棉树就挨着公厕旁的肥沃土地生长起来。浅棕色的粗树干参天而生，在高高的空中分叉出繁茂的枝叶。

橙红耀眼的花瓣饱满地盛开并悬挂枝头，像火烈鸟一样坠落。满地都是红色，似从地底冒出的浅浅火焰。

春宁望得出神，细声自问：“现在是什么季节了？”

“春天了，那么快就春天了。”美惠轻轻作答。

“噢，春天。”春宁快步地走过去弯下腰拾起一颗刚坠下的硕大木棉花。撑开了有两只手掌那么大，沉甸甸的。

想起还在故乡时，和姐姐春生两个人光脚踏在软绵的土地上，收集采摘着这些木棉花，一朵一朵地赠人。

想起6月，那椭圆形的蒴果裂开，里面满满的棉絮被风吹跑出来，站在山岗上看碧空中飞散的棉絮如细雪飘零。

安宁恬淡的过往早就一去不返了。春宁哀叹一声掷下手中刚拾起的花朵，头也不回，决绝地带着美惠匆匆离去。

美惠并没有意识到春宁此刻情绪的感伤，反而一路走一路张望，欢快的语气问着春宁：“这是什么花，我们那里从来也没有见过。”

“攀枝花，欲图攀向枝头却坠落得满身伤痕的花。”

春宁说完停下来看了美惠一眼，两人缄默无言，又沉闷地穿入另一条幽幽小径里。

卫生所并没有挂出招牌。

倒像是个私人诊所，在一堆高低参差的民房建筑群中，安静得出奇。这一带都是出租给附近新迁入民工的。路面坑洼肮脏，还有一个堆得很高的垃圾池子，除了腐烂的剩菜果皮，一些使用过的医疗用具针管、塑料吊瓶也一并打包起来扔在这里。

电线杆、墙壁上贴满了广告纸，专治梅毒、淋病。大概春宁要去的那间卫生所也是主治这类疾病的小诊所。

春宁驾轻就熟地带着美惠登上水泥台阶，闲淡自若地走进敞开的绿漆铁门里。还没踏进去就涌出来一股腐浊浓稠的下体气味，福尔马林和消毒水也束手无策。

回潮天地板湿漉漉的，墙壁涂了好几层不平整的油腻蓝漆，以增加庄严肃穆的阴沉感。一楼有个戴口罩的肥胖女人走过来，手里拿着一支蓝墨水圆珠笔，她用轻佻的口气说："预约了吗，没预约就排队，现在到十六号了，我们五点半下班，来不及就明天早上。"

"刮宫花不了多长时间吧，我先去验尿。"春宁的回话镇定短促，从屁股后面的口袋扯出一张十块钱塞到对方乳房之间的领口。

戴口罩的胖女人瞅了她一眼，在笔记本上画写着什么，继而轻轻点了点头："半小时后到你，别走远。"她转身的同时从胸前取出那张十块钱笑眯眯地攥在手里。

那些穿得花枝招展的女人用手里的小本子扇着风。叽叽喳喳自说自话。浓浓的脂粉气和烂肉味儿相混杂，仿佛在封闭的空间里煮着沸腾的沼气池，可鼻子已经不灵敏了。什么味儿也嗅不出，尤其是自己身上的气味。

春宁领着美惠穿过人群坐到走廊外一条掉漆的长椅上。热气腾腾的，加上走那么长一段路，背后已经全是汗了。她让美惠坐这里别走，自己则去一趟洗手间。

空气静止不动似的，没有一点儿风。春日的阳光娇媚欲语，照在皮肤上光滑动人。

美惠站起来扶着栏杆，远处是连绵群山。广西的山都是石头山，青青翠翠，棱角分明。

冬天和春天似乎也没什么区别。这里四季并不分明，即使最冷的时候树木也依旧苍翠，不像朝鲜和东北，大雪纷飞，枯木凋零。

“想什么呢？”春宁拍了一下美惠的肩膀。

美惠转过头：“想我什么时候能够回家去咯。”唉声叹气的。

“近期恐怕是走不了了，除非呀病情闹得再凶些，趁乱逃走，不过被抓回来可就有你好受的了。”

“嗯。”美惠若有所思地点点头。

“我要过去那边了，你等我，很快就好。”春宁说。

“小心。”美惠握了下春宁的手，汗涔涔的。

春宁转身离去的时候美惠才注意到刚刚她上洗手间又把头发打理了一遍，紧贴着头皮梳得一丝不苟。衣袖、领口也别得整整齐齐。走路的步伐明显沉稳镇定，并没有表现出焦躁不安的气氛。

美惠倒吸一口冷气。好像有蛇芯舔舐着她背后一般说不出地惶然。从来没想过要从自己身体刮下来一块肉是什么样的感觉。被陈天福强行按在桌上的刺痛感已经让她终身难忘了。现在仍旧隐隐作痛，时常涨红一片，不是刀片划破的痛感，而是被绷直的铁丝细线沿着身体最鲜嫩私密的肉瓣来回拉锯。有时她甚至想要把自己连筋带骨都换成铜墙铁壁，那样便可毫无知觉了。

美惠坐在长椅上看着窗子里面那些相谈甚欢的女人。害怕以后有一天自己也会成为她们——不，已经不是担忧了，而是现在正在成为她们千千万万个当中的一个。到那时自己的身体就不再属于自己。

透过玻璃门窗，她似乎看到春宁正躺在手术台上张开双腿，刮匙像坚硬的阳具那样探入，然而比阳具要锋利冰冷得多，贴着薄薄的子宫壁一刀一刀刮下去，手法娴熟而敏捷，每一次回环都利索地清出残留的血肉渣滓。

面无表情的医生做着机械重复的动作，如同一只刨土的公犬。

没有同情，也没有愤怒。好像世界本来就该是这个样子，不需要理解也无须改变。

接近黄昏的时候美惠看到春宁轻薄得像张纸片似的从病房里走了出来，虚弱而步履踉跄，她快步走上前去扶。

“我说了很快吧。”刚忍受完剧痛折磨的春宁仍旧故作轻松地调侃。她面色苍白，眼眶凹陷很深，两瓣嘴唇却保留着玫色口红，生硬地遮掩住暗淡失色的双唇。

“嗯，嗯。”美惠搀扶着她，直咽口水来缓解自己的紧张，话都说不流利了。

“去百货大楼吧。”

“不是要去找阮凤英吗？”

“我想去买件新衣服犒赏下自己，这么等着也没人会送我呀。”

她们拦了一辆三轮车，直往百货大楼开过去。车轮碾过井盖后在百货公司大门前停了下来。春宁付过钱，挺着胸脯高傲地走在台阶上。

这是美惠第一次踏进来，而春宁，也有一阵子没进来了。

左手边是五金用品，正前方的柜台上摆着化妆品、保养液，右手边是卖女装的，包括成衣和胸罩内裤。

美惠看了一眼挂满内衣裤的柜台有些害羞，低垂着头跟在春宁身后。

“羞什么呀，你差不多也得穿着了。”春宁挽着美惠的手大大方方地走过去。

在穿过几个摊位后，春宁的眼睛落到了左边一个熟悉的背影上。站在玻璃柜台里面，挽着一个矮小男人胳膊的女人。

“黄莺儿？”春宁试探性地发问。

那人转过身，和她一起转过来的还有那个男人。头发稀疏，穿着过时土气的衬衣，身高甚至比黄莺儿还矮一些。

“呀，春宁妹妹。”黄莺儿把旁边那个男人的手臂缠得更紧了些，两人的脸几乎要贴到一块儿去，笑脸盈盈的，“老公，我出去和我姐妹叙叙旧，一会儿就回来哦。”故意把“老公”两个字声调提得很高，从喉咙里硬挤出来的词，像是生锈的金属发出刺耳的声响。

春宁冷笑了一下，黄莺儿装作不计前嫌地跑出来紧牵着春宁和美惠的手往门口走。

差不多到出口处的整段距离黄莺儿都表现出极其反常的热情。直到出了大门，才松开手显露出一副轻蔑的语气：“你们来做什么？阮凤英那么快就昭告天下了？”

“又不是特意去找你的，我不过逛街买衣服凑巧看见你而已。”

“哟，好个凑巧呀。凑巧知道我黄莺儿要嫁出去了想要过来亲眼瞧瞧我开不开心快不快乐吧。告诉你，休想给我捅出什么娄子来，我很快就要结婚的，马上就要赚大钱，做大笔买卖！”

“什么大笔买卖呀，贩卖人口还是军火？”

“呵，鼠目寸光。”

“是……板蓝根吧。”美惠突然插了嘴，声音细小微弱，春宁愣了一小会儿没反应过来。

“哎哟，就属你是个精明人，难怪阮凤英那么疼你。”黄莺儿伸手想去捏美惠的脸，被春宁毫不客气地推开了。

虽然伸出去的手被打了回来，但黄莺儿仍旧笑眯眯和颜悦色地说道：“告诉你们，我小叔子过年的时候刚从广东拉回来了一大车的板蓝根，呵呵，都和阮凤英商量好了，她出面找铺子卖，我们供货。现在要巴结我，还来得及。”

“小叔子？你这儿哪来的亲戚？”

“我老公的弟弟呀，喏，就是刚刚你看见的那个男人，在百货公司上班，挣的钱我可劲儿花也花不完，你以为是凭空变出来的小叔子不成？”

“怕是信不过吧！到时候摔了一身泥可别哭哭啼啼地再回来，小心李姐把你的皮都给剥了。”

“哎哟，就知道你会两眼发红，现在吃不到葡萄就说葡萄酸了吧！一辈子婊子命！”

春宁瞪了她一眼，怒目而视，但很快就面容平缓下来：“美惠我们走吧，看来今天这衣服是买不成了。”

道别也没有，转身就带着美惠走掉了，身后传来黄莺儿骂骂咧咧尖酸刻薄的声音，一人站在台阶上唱着独角戏。见无人回应知道自讨没趣也转身回到百货大楼里。

走了一小段路美惠才发觉春宁疼得两腿都发颤了，按压着腹部还是阵痛不断。

“得去医院看看吧。”美惠紧张不已。

“到阮凤英那儿喝口温水，就好。”该是刚刚和黄莺儿那一吵动了气。

22.

风像蘸了酒精的棉花，挤出丝缕万千柔软的凉意。

建筑楼群被撕碎成薄纸片，东一幢西一幢地撒在两边，腾出中间一条大道，浮动的菜篮子撵着后面稀稀落落戴口罩的人群。

早熟的淡黄花蕊抢在别株龙眼树的前头绽开了，俏皮得惹人注目。

春宁的步子迈得小而拘谨，那身看似名贵的着装经历一台粗糙的手术后就生皱起褶。

石榴红的高跟皮鞋钳住夕阳最后的余晖，踏在灰石地板上却也晶莹闪亮。

“春宁姐，不如叫辆三轮车吧，走到那儿怕是又得遭阮凤英的一顿训。”

好像没听见似的，春宁只顾循着她鼻尖嗅到的一股奶油香气停在了一栋陈旧的老骑楼前。

并未和其他的楼群连在一起，而是遗世独立般地插在中间。

就两层高，二楼的朱漆木窗民国味重，楼下新装了块儿别扭的红绿菱形纹路滤色窗花玻璃，绿铁皮的窄门大开着有珠帘垂坠，外面是被行人踏得污淤的石地板，里头铺着明鉴照人的米杏瓷砖。

“饿不饿？”春宁咂咂嘴，不等回话就挽着美惠的手臂钻进这间隐蔽的糕点房。

奶油香气被一层厚厚的烤面包味掩盖下去。

“提……拉米苏，芝士蛋糕，黑森林，朱古力慕斯，奶酪……”春宁弓着腰把手背到身后，像个小学生一样对着玻璃橱窗读出每一块糕点上的牌价标签，完全失掉了出门时的那副派势。

“这些名字听起来真美。”美惠在一边细声低语道。

“这得吃上多少钱才能把肚子填饱呀，丁小一块就卖那么好些价钱。”春宁站得挺直，盘算着钱币，目光从各式糕点转向了柜台上那个正低头看书的高个子少年。

就那么一瞬间，快要呼吸不上来了。

两只兔子般柔软的招风耳耷拉着，鼻梁很高，肤色白皙，中亚混血的轮廓让人挪不开眼地着迷，右眉梢一粒浅棕色的痣点缀得恰到好处。白衬衫胸口那儿解开了两粒纽扣，灰色罗纹汗衫松垮垮地显露出两肩前明晰的锁骨。低颔着头，睫毛垂下来密得可以扇风。

“你好！”春宁隔着几米远冲他说话，有些紧张地压制住声调，但他似乎还沉浸在书中没反应过来，于是春宁就悄悄走过去些，站在柜台前，两只手托着下巴看着他说，“你好，这家店是新开的吗？我以前好像没有看到过呢。”语气温婉柔和，一点儿也不像从前那么泼辣刁钻。

少年吓了一跳，猛抬起头来，手中的书页快速地合上，好像是被人发现了什么秘密一般。

少年的栗色瞳仁和春宁对视了一眼，春宁也吓得把头扭缩回来，埋进那件刺槐皮色的大衣里，心怦怦直跳。

“不好意思，店是我姑妈的，我放假过来帮几天忙，也不大清楚，不然我帮你叫一下她好了！”少年的面庞映着穿透珠帘而来细腻的光辉，像是油画一样地定格在那里，短发如麦浪一般被微风吹拂涌动，笑起来露出不平的牙齿，尤其是两边尖尖的虎牙看起来青涩稚气。

他转头叫了一声："姑妈——"喉结上下蠕动着清晰可见，嘴唇和下巴上短短的胡楂被修理得整齐，大概十六七岁的样子吧，洋溢着青春旺盛的荷尔蒙气息。

"不、不用叫了，我要买那个，两份提……"卡在那里怎么也想不起来。

"提拉米苏两份，十二块钱哦。"少年微笑着走出来用盒子把蛋糕包装好，纤长的手指敏捷而利索，很快地就递过去给她。

接过找好的钱，春宁微点下颌以示道别，可她黏住似的站在那里不动弹，除了面包的香气，似乎有一种什么特别气味让她迷恋不已。直到美惠戳了她一下，她才回过神来，又偷偷瞥了一眼少年那双清澈的眼睛，深呼一口气，大大方方踩着高跟鞋跨出门去。

"欢迎下次再来！"那是余留耳边最后的声音。

嗅着那如影随形的香味却又舍不得打开来吃。春宁时不时就要用手隔着纸盒抚摸一下里面的蛋糕。

美惠奇怪地问她："你不是嫌贵吗，怎么突然就买了两个呢？"

"你说他刚刚看的是什么书呢？"答非所问的，反倒一问到底了，"他是不是在看小说呀，还是在看课本呢，我猜他一定是在看言情小说，那么紧张不好意思被人看见，说不定，说不定他看的那本我也看过。你说他是不是还在念高中？"

"他是谁？"美惠脑子转不过弯。

"这蛋糕会是他亲手做的吗，提……提拉米苏，对，真好听的名字。哎呀，我还没问他名字呢。"又有些懊恼，"我为什么没有问他名字？"

“你是说刚刚那个哥哥？”

“哥哥……”春宁若有所思地走着，步子不自觉就快起来，好像小腹一点也不疼了，“你叫他哥哥，叫我春宁姐……其实我也才十七岁而已，说不定和他同年，怎么才十七岁呢，我看上去像十七岁吗？”

美惠摇了摇头。

春宁唏嘘不已，从盒子里取出蛋糕，分给美惠一块，自己尝一块。夕阳摇摇欲坠，咬下去一口奶油，竟也索然无味了。

脚边有一排蹲在地上的摊贩。有赤着脚或穿绿色黑胶底的解放鞋的。倒卖着走私的烟酒香水，也有一些秘方、药酒。

一只铝碗“哐当”落在路中。春宁眼睛随着透亮的碗底跳到那只伸过来的脏兮兮的手上。粗糙得如同长满鳞片，疙瘩不平。

像蛇一样用腹部行走，腿萎缩得厉害，只露出一小截，被熏得蜡黄，早早就无法生长了。右眼大概是被什么人剜去了，瞎瘪着深凹进去的黑窟窿，不见底，眼皮耷拉着又缝合成条线。嘴唇干裂破皮，内唇外翻，爆开来，留着腥脓，泛白一片。另外一只手是畸形的，鹰勾爪，缩在短袖那里，没有关节，硬邦邦不能扭动。仿佛捏泥人土块不够少捏了好几部分似的。

春宁看得直心疼，她把吃了一小口的蛋糕放到那个破烂的铝皮碗里，实在不忍心，又从身上掏出了几块钱塞给这个可怜的人。

然而她一掏出钱，旁边那群商贩立刻就围过来了，如过江之鲫，口中如此一致地叫唤着“老板老板，看看我的货，看看我的货。”蹩脚的普通话吐字不清，唾沫横飞得让人心生厌恶。春宁问其中一个脸色尤其黢黑的妇女：

“你是哪里人？”

她低着头不敢吭声，想了下又抬起来僵硬地挤着笑说：“中国的，本地人，本地人。”露出黄垢参差的牙齿，脸上的皱纹藏污纳垢，头发也油腻腻的，好长时间未清洗了。

春宁一眼就看出了她是越南人，想要戳穿。那妇人转头看了一下周围人的眼神，犹豫着要不要张口，春宁又看了眼其他人，决绝地挽着美惠径直走掉了。

这时候连一阵风也是悲凉的。春宁裹紧大衣走在萧瑟的道路上。她看不见正钻出新芽的嫩叶，看不见野花和虫鸟，也看不见傍晚升起的炊烟。而是一直低着头走，看石板路变成沥青路再变成黄土小道。沉默不语，美惠看出了春宁此时的心事重重。大概是无奈，委屈，感叹着异乡者的苦楚，愤懑，却又不得不自甘堕落的悲情。

顺着太阳要落下去的方向，美惠先看到了多多家的那幢红砖小楼。等她走得更近些了，发现多多一个人落寞地坐在家门口的石阶上。环视了四周没有其他人。

“多多！”那声音害羞又兴奋。

多多望过来，不可思议地跳起来朝美惠直奔过去，还没能开口，美惠就先问了起来：

“阿策呢，阿策怎么没在你身边？”

“阿策阿策又是阿策。你看你，昨天去找你也问阿策，一张口就是阿策。好像当我是空气一样。”多多有些不高兴了。

美惠哄他道："你们两个天天黏在一起，我只是看见你单着，替你委屈嘛。"

"那你说你是想见我还是想见他。"

这时候被春宁伸出的一只手横腰拦住。

"去叫你天宝叔叔出来一下，说是春宁找他。当心可别让你阿爸阿妈瞧见了。"

"为什么呀？我从不做坏事的，我不去。"多多嘟着嘴不肯动。

"叫你去就去。什么做坏事。"

多多伸出手封住两只耳朵，装作没听见。

"你就听春宁姐的，去吧，我等你。"美惠冲他一笑，他才心甘情愿地"嗯"一声，踉踉跄跄往屋里跑。

"我看多多是彻底被你给弄得鬼迷心窍了。"

"你确定是用这个成语吗？"美惠莞尔一笑，春宁只好笑骂道："臭丫头，嘴巴是越来越厉害了。"

"你让他去找天宝叔叔，真是想把刮宫的钱讨回来？"

"不为这事儿，有其他安排。"

"你怎么也故弄玄虚起来了。"美惠挽着春宁的手，蹭着她，像一只绵羊。

"好啦好啦，办成了你自然知道，办不成也不必多说。现在告诉你，就怕不灵光了呢。"

"也好，不过到时候可别瞒着我啊。真担心你又闹出什么事情来。"美惠略带沮丧地保持笑靥。

正往那儿看，多多像牵一头猪似的把他叔叔给牵了出来。

鼻涕还挂在嘴上没擦干净。春宁走过去从口袋里拿出一张纸巾擦拭掉他脸上黏稠的浊液。天宝叔叔笑憨憨的，顶着一个圆滚滚的肚皮，一呼吸，就缩进去又胀起来，像个灵敏的玩具。

“我和他去那儿，走着说，一会儿就回来，你们可别走远。”春宁指指前面的小径，勾起天宝粗壮的手臂就往别处去。即使没有力气，也努力要把腰扭得像水蛇一样柔软魅惑。

多多提议道：“我们去河堤那里吧。”

“嗯。”

沿斜坡的小路直走，浅草没过鞋底，多多主动伸手过来挽着美惠，怕她跌倒。

“金达莱花好像都谢掉了呢。”

“是呀，过年那会儿来还开得红艳艳的，真可惜。”多多指着前面的一块大石头说，“坐那儿坐那儿，可以看风景。”

“这条河叫西江河吧。”刚坐稳，美惠就向多多发问。她的两条腿并起来摇晃，整个人像是风铃一样，在风中，身体和乐器一样都是可以发出声音的，是要仔细聆听才发觉得到的美妙音律。

“是呀，南安的母亲河，西江河，小时候阿妈就这么告诉我的。她说西江河是归春河的支流，坐船一路漂过去就可以荡到越南了。你看那座山，翻过去就是越南了。”

水流很缓慢，就好像时间一样。你感觉不到它在动，可事实上它已经跑了很远却也从不停下喘息。

“你去过越南吗？”多多问。

美惠摇头："我本来是要去的，但是没去成，你呢，你上次和你阿妈过去，那里好吗？"

"好像很熟悉又好像很陌生的地方。我也说不上来呢。"

"听上去就很像是韩国啊。我爸常说那里讲话、过节都和我们朝鲜一样的，但是那里的人很有钱，有电视机，有冰箱。可是我其实没有电视机、没有冰箱也可以过得很好呀。我什么也不需要，只想要他们都在我身边。我真羡慕你，你真好。我在我们那里没有一个朋友，他们都不敢和我做朋友，说我们家可怕、危险。"

"他们也不和我做朋友的，除了阿策。在学校里他们总是欺负我，笑我阿妈是越南人。明明一点儿也不好笑啊，搞不懂他们的想法。其实也没有多讨厌啦，就是很麻烦，一群长不大的小鬼头。"

"呵呵，你不也是吗，小鬼头，爱撒娇爱耍脾气的小鬼头。"

"我明明就已经很成熟了，连阿妈都夸我长大了。不过我还可以更大一些。"

"那你更大一些的时候想干什么？"

"嗯，我要做一个热气球。"

"热气球？为什么呀？"

"带上阿妈，还有你，嗯，如果还够坐下的话，就带上阿策，一起飞出去。"

"那你阿爸呢？"

"他是坏人，我和阿妈都不喜欢他。他还欺负你。"说得咬牙切齿的，真挚而动情。

“嗯。”美惠主动握紧多多的手，对他笑。

和多多待在一起的时候永远都觉得最轻松。河堤下的水草长得很茂盛。对岸还有疍民，住在渔船上捕鱼为生。涂着蓝红色油漆的渔船就是他们的住所。除了把捕来的活鱼批发卖给酒店，剩下的一些也会拿到岸上来摆卖，都是最新鲜的野生鱼，附近的人家最喜欢拿来做鱼生片。

和日料里的生鱼片不同，当地人称作鱼生片，是把鱼肉切成薄片，浸在调和油里保鲜，蘸上由陈醋、紫菜、生姜等配菜调成的酱料生吃。味道嫩滑鲜美。

大人们总是找各种理由不让小孩子吃。

就好像不让他们喝酒、抽烟一样。可谁会傻傻听从呢，只要躲到大人看不到的地方，大家都习以为常了。

当地人初中毕业后基本上都没有再继续读书，甚至很多初中都没读完。

男生如果不是和父亲一同跑运输拉货，就是家里有门道能负责毒品的转手售卖。女生早早就要嫁人生子，生出女孩来是要挨打的，只有男娃才值钱。穷苦一点儿的人家甚至会把刚生出来的女婴溺死或抛弃荒野，送人都没几家收留。好像都已经是风俗了，没人觉得这有任何不寻常。

“你们怎么跑这儿来了，害我一顿找，幸亏天没全黑。”春宁气喘吁吁地走过来。

美惠、多多两个人又跟着她原路折返。

走到一棵树旁看到天宝叔叔正捡树叶耍。

“天宝，过来。”春宁一招手天宝叔叔就吃力地跑过来。

他们离家不远，不到五十米了。

“多多，你好好把你叔叔领回去，别丢了。”

“哦。”多多有些不情愿分离。

美惠冲多多笑着道别，春宁也凑到天宝叔叔脸颊旁边亲了一个香嘴：“还想不想要香嘴？”

“要香嘴，要香嘴。”

“那你可得记牢了我要你做什么，谁都不许说，听见没。不然不给香嘴。”

天宝叔叔直点头，乐得忘乎所以，多多又像牵着一头猪似的把他叔叔牵回去。

可没走两步就坏事儿了。

隔大老远阮凤英站在自家门口就厉声尖叫起来。

“快走，别理她。”春宁冲多多喊。

阮凤英快步地走过来，春宁便带着美惠堵过去。

“都什么时候了，也不长长心，到处乱跑给人逮起来谁帮得了你俩。”阮凤英的指甲把美惠的胳膊都掐紫了，春宁有些看不过眼，心里一急便故意喊：“姑妈！”

“谁是你姑妈，你忘了我当初怎么说的，在这里，没有姑妈，只有阮凤英。以为我会心软放过你？想得美。”说完狠狠掐了一下春宁腰间的肉，指甲像把锋利的刀刃，一掐就嵌进肉里，不论隔了多少层衣服，阮凤英都能使一小撮肉产生巨大的疼。

她最熟知身体哪个部位一掐就疼，她自己就是那么被掐过来的，如今她可以掐着别人了，自然心生得意。

“这两下算是小教训，我问你，刚刚和天宝那傻子嘀咕什么呢，还有你，不许再和多多那野杂种来往。在我面前使花招儿，你们还太嫩，可别想着能瞒得住我。”

“告诉他我刮宫去了，往后一阵子都没办法来找他嘛。就是路上碰见了说两句话，哪敢在你眼皮底下耍什么花招儿呀。”

“美惠你说，她讲的是不是实话，你要敢包庇她，东哥那里还惦念着你呢。”

美惠退后一愣，但还是很坚定地说：“是这样的，是春宁姐说的那样。”

“最好给我老老实实的，对大家都好。你们呀，也别紧绷着脸了，该带你们回去了，不然你们还想去哪儿，你们还能去哪儿？呵呵！”阮凤英突然变了脸色，但她仍旧是皮笑肉不笑，话里字字带刺。

晚霞的最后一道余晖也坠入山谷，面对面也看不清脸，空留下一张轮廓。阮凤英转身要领她们走了，两个人才松了一口气。

23.

需要打手电筒才能把井盖的锁解开。

等春宁和美惠爬入下水道里，阮凤英只探进来个头道声“药得顿顿吃，消毒水也别忘了洒，明天会送吃的过来，够一个星期的了，谁也不许挑，我不在，你们就听李姐的，她说了算”便匆匆离去。

众人皆眺向李姐，等着她如往常那样意气风发地笑。可她只有气无力地倚靠着石壁，宽方额藏进披散的乌发里，怀揣着什么，面不改色，也不吭声。

春宁眼尖，一乜就瞥见李姐的手正摩挲着弓形柔软的猫背。

四爪僵垂，似是被折断了一般绷紧笔直，骨头松脆，没有丝毫挣扎动弹的痕迹，李姐左手自然蜷曲着置于猫腹，五指张开拢着猫身架于半空，猫毛湿答答地往下渗水。

“该不会是只死猫吧！”

“水沟里捞出来的？”美惠的话方从口出，鼻息就迅速从芜杂的气味中分辨出哪一缕是从猫身体中散发出的腐烂的尸臭，一阵恶心，她转过脸看着春宁，两人同时咽下去口水面面相觑。

李姐仍旧不乱阵脚，右手匀速地抚摸着短齐的黄白纹猫毛，不疾不徐，视线并非落在猫身上，而是无神地盯着地上某一处洼陷，眼珠子间或一转，才显露出些许人气来。忽又定住，掐起一小撮细毫，拈至嘴前，面颊两颚的肌肉颤动着蜡黄皮肤，脸杵成浑圆，怡然自得轻吐着气，纷散而去。

“你为什么也叫莺儿，你学得来叽叽喳喳的叫声吗？”右食指戳向猫颅顶，自言自语道，“你疼就叫出来呀，想跑也可以，我哪拦得住你，张嘴呀，咬我，咬我，我让你咬我，你听不懂吗，咬我，咬我……”李姐几乎是面目狰狞了，连嚷带笑，右指随语速飞快击打，甚至要在头颅戳出个窟窿，左手往薄薄的猫腹下猛抓一把，似要将肝脏里盛满的蛆虫都拧出水来。

胆大的还敢冲那儿睇两眼，心虚的则看也未看便汗浸衫背了。

现下连一向刻薄的春宁也不出声。

美惠挽着春宁席地相依，瞠目而视，睃见浮凸的猫眼被挤得脱离眼眶，血糊糊地靠几缕肉丝粘连不坠。

旁若无人的李姐又从身下首饰盒里翻出一把小剪子，将猫身翻转，是只短尾猫，这下才显露出后段。猫背朝下，顶着她盘坐的两条肥腿，四爪冲天，硬邦邦不容扭转。她先握着前肢剪指甲，尖锐的利爪被刀子一削就剜成平滑圆弧。她细心挨指剪过去，最后又用下巴蹭向猫头茸绵的三角小耳。

“下午出门前也没见她有什么异样呀，怎么突然就疯疯癫癫了。”春宁想不明白。她的语气中流露出疑惑，还有掩不住的喜悦，但不知何故心底又生出一股同情。

“还是没法接受黄莺儿比她先一步离开这里吧。”

“你说她有没有一点儿舍不得黄莺儿？”

“我也不好说，但总归相处久了，多少也是有感情的。”

“黄莺儿那种顺着竿子就想往上爬的人，用屁股也能想出来她指定是要翻脸不认人的。倒是李姐，这副失魂落魄的样子我先前可没预料到。”

别人都看厌了，可春宁和美惠直盯着李姐痴痴癫癫的动作却丝毫不腻，像是看戏一般，猜不到下一刻李姐抱着手中这只死猫又能玩出什么花样来。

可随着时间的发酵那股腐尸味越发浓稠起来。最初只是从猫身上传染到李姐周围，现在它已经越界爬满整个逼仄的空间。

这不是那种腐蚀已久的陈旧气味，这是一种新鲜的正在溃烂的味道，李姐正把这具皮囊紧紧抱在怀中。她讪笑着那群用手在鼻子前挥拨驱散气味的人，她享受这种味道，这种踩踏着死亡而生的味道。

一连三天，下水道里的气氛越来越压抑。每个人的胸腔都淤塞着那股腐臭，一张嘴一呵气，胃液都要给臭气熏吊出来似的。连冒出的汗也沾着尸气臭烘烘的。

美惠想去劝，但春宁拦住了她。

“这种时候还是各人自扫门前雪莫管他人瓦上霜的好，你出什么风头，她那么牛高马大的，一甩手就能把你打得皮开肉绽。”

春宁哪里怕过李姐的，可这回，她却耐住性子静观其变，等着好看头。

果不其然，众人东一句西一句地含沙射影，矛头很快就直指李姐，怨声载道了。

“黄莺儿！黄莺儿！”下意识地唤出这三个字，锯齿似的尖叫令人毛骨悚然，李姐耸动着胸脯，将怀中的猫箍得更紧了，两眼骨碌着转动四下张望，就着过滤的暗黄灯光，分不清昼夜，她的眼皮未合，涨满血丝，像苦瓜瓤千丝万缕，目光往哪个方向射过去，哪里就一片张皇。

只有美惠看得出李姐现在只剩一副空骨架了，她是光有气势，离了黄莺儿，便一蹶不振。尽管让人匪夷所思，可往细处一想，却也合乎情理——平日里颐指气使，也不过是虚张声势罢了，现在孤身一人，还得靠拢着一只死猫壮胆，怕也是装神弄鬼而已。

这些想法还没来得及道与春宁，阮凤英就突然出现了。她明明安排了一星期的食物，按照平日的习惯是不会那么多此一举过来的，除非是出了什么事情。

她那一大串哐当作响的钥匙在下水道里响起的回声尤其刺耳。

“这是股什么味道，哟哟哟！”捏着鼻子走到李姐跟前，觉得不大对劲儿，“怎么蔫在这儿不说话，呀！瞪我做什么？”

不料李姐猛地站起来，拎着猫颈上的皮肉，右手用剪子刺溜一下刺穿到肚腹，唰地往上剖开一条利落的线，像满满一袋子下水被人扎了洞，血淋淋的，气味在一瞬间全然释放而出，让人一张嘴就把已经消化的食物又往外倒吐。

阮凤英吓得脸色煞白，话都说不出了，她那身衣服沾满了发臭的污血恨不得立马烧净。

似笑非笑似哭非哭，李姐念念叨叨起来：“婊子无情，戏子无义。说的就是你呀！你们都无情无义……婊子呀，你是婊子，我也是婊子，我们都是婊子……快乐呀，婊子多快乐……”

那话让人浑身不自在。

阮凤英瞟了一眼披头散发的李姐，忽地想起些什么，哀叹了几声，回过神，又哆哆嗦嗦对众人道：“外头这病我看是闹得越来越凶了，可咱们敞开门做生意的，憋了好些日子，这么耗着准得坐吃山空，今天晚上就放你们出去自个儿觅食了，姑娘们拎上包跟我走。美惠、春宁，你俩坐这儿照看李姐，哪儿也不许去。”

美惠“哦”的一声点了头，而春宁似乎突然想起些什么，站起来同阮凤英道："明天我还得去趟医院，倒不如现在就一块儿出去了，省得麻烦你又来开锁。"

"怎么三天两头往医院跑，大晚上你能上哪儿去？"

"老情人总归是有那么一两个的，不做那种事情，聊上一夜，也有的钱拿呀！"

阮凤英乜了她一眼，爱理不理的："可别又给我惹出什么事情来。"

春宁点头，又蹲下来和美惠悄声说："我去外头探探风头，顺道找陈天宝，你晚上安心睡，等我明天回来。"

"叽里咕噜什么呢，还不快些，磨磨蹭蹭。"阮凤英瞪着春宁催促她，尽管其他人都还悠哉地收拾着物件。

总觉得有什么不对劲儿，阮凤英竟看着李姐这样漠视不理。春宁猜测一定是生意出了差错。

三下两下整个下水道就空了。

美惠还未曾拥有过那么宽阔的空间，尽管是和李姐一起分享。

大概是刚刚那段戏演得太过投入，现已精疲力竭，李姐躺在席子上沉默地睁着那双泛白的死鱼眼望向上空。

她仍歪咧着嘴嗤笑。叉开双腿，两手搁置小腹，逐渐下移，轻柔挤按。每一寸抚摸都刺激着贯通的神经。长久机械地横穿直入让她都麻木起来了。身体从来不是享受着欢愉而是作为别人取乐的工具而存在。

手上还沾着猫血。那股气味和经期死血是多么相似啊。

乌溜溜的一大片瘀红，是曾经鲜活的生命，然而却经历着衰老至死亡。

她觉得自己的身体也正在变得僵硬。

然后散发出难闻的恶臭。最后甚至那恶臭会转移至皮囊而深入骨髓，随身携带，无处不在。

“你害怕吗？你为什么不害怕。她们都怕我，怕死了，可你怎么无动于衷。”李姐冷不丁在黑暗中抛出那么一句话。

美惠长久地愣在那里分辨着，这究竟是自言自语，还是正向她问话。

“怕，我怕你怕得要死！”美惠长舒一口气，“但有时候又觉得你可怜……”

“呵，我可怜？你竟说我可怜？”她突然怒目圆睁起来，“我李如兰这辈子怕过吗叫过苦吗？你年纪轻轻的倒想来数落我？”

“我……不是，我……”

“喵……你在哪儿……你看到我的猫了吗？”李姐弯下身，匍匐在地上搜寻什么似的。

“李姐……”

“别挡着我，快让开！”

美惠哆嗦着让开一条道。

李姐又侧转了个身，眼睛乌溜溜直盯住美惠：“你的脸可真让人嫉妒。我好几次想掐死你，掐死你们这些年轻的面孔、年轻的身体。可我又舍不得，我想看着你们和我一样衰老，面容粗糙，不用我，让时间慢慢去折磨你们，我就开心，我快乐呀，快乐……”

美惠被呛得说不出话，她看着李姐整个人在说这些话时一改先前的飞扬跋扈，而是流露出一种空虚感，一种刻薄的虚无。美惠起身舀了一桶水，分好几次泼出去把地上的死猫和它被剖出的五脏六腑都冲到水沟里，随水流漂走。

“你这样，是不是因为黄莺儿？”

“黄莺儿？……呵！”李姐怔了一小会儿，“她算个什么东西！你又有什么资格问我？”

美惠哑口无言，不再发问了，她静静地坐在一旁看正面对的这个人，浑身上下扎满了刺，自己伤痕累累，也想把别人弄得伤痕累累。

24.

等到春宁和那群姑娘回来的时候已是隔日下午。

美惠挨着墙入眠，昼夜颠倒了，一直沉睡不醒，又梦见了在水中挣扎的场景，卷入旋涡，被碎片一般的浪花割向眼眸。猛地醒来，看到春宁正细瞅自己，一把拥过去环抱着她的背。

那种温暖的感觉一下子覆盖住她，让她像陷入了一个巨大柔软的天鹅绒沙发。

“没事儿的。”春宁在她耳边安慰道，“有好消息要告诉你，还有一个不算好的消息作为前提。”

“嗯？”

两个人紧挨着低声细语，但其中一件事情，外头已经传得沸沸扬扬了，出去的所有人都知晓，那就是黄莺儿死了。

“夫家说她是患了疾病暴毙的，很快就火化了，现在连尸体也见不着。我觉得不可信。”

“死了？”美惠震惊不已，“前几天不还好好的吗？”

“不用猜也知道是叫人收拾掉的，用完了谁还会留她一个婊子的活口？”

“你指的是板蓝根这件事情？难道和阮凤英还有关系？”

“说不准，她那蛇蝎心肠，我姐姐的死也有她一半责任。”

“李姐还不知道吧……”

"她现在恨黄莺儿恨得要死，知道了说不准得笑成什么样！"

"怎么就突然死了呢……"美惠仍旧不肯相信。

"死了也好，阮凤英那里乱作一团，陈天福他们家也忙得不可开交，看着像是生意没谈拢，谁家也不愿吃亏。喏，这是昨天夜里从陈天宝那儿拿来的钱，陈天福的小金库，够你一路上逃命用的了。"春宁压低声音，偷偷地往美惠衣摆里塞进去一沓钱，"关系我都趁夜给你打点好了，阿策会过来开门，你今晚就出去东兴，要么走水路，要么只能徒步过去了，你能游泳吗？"

"你刚刚的意思是要我走？"

"嘘！声音压低，表情自然些。水路你走不走得了？"

美惠咬着嘴唇，把头低下来。

"还是没办法吗？"

"我……"美惠摇摇头。

"徒步过去实在危险，一个不小心就会前功尽弃的，水路最近，一过岸就直接到了东兴。"

"到了东兴我去哪儿？"

"出去呀，那儿有火车有汽车，阮凤英可就管不着了。但也得小心，你是黑户，又是异国的，若是进了收容所，就怕是不见天日了。"

"春宁姐，你和我一起走吧！"

"我走不了，我姐姐死得不明不白，还没讨清楚呢。况且除了越南，我哪儿也去不了，我现在这副样子回去，境遇只会比这里还要再惨上千百倍！"

"那我呢，我又能去哪儿！我母亲现在也不知道是死是活呀，她若是真到了韩国，茫茫人海，我也未必就能找得到她。我不想走一点儿也不想走！"

美惠抱着春宁，她的手反复摩挲着春宁身后的每一寸骨头、皮肉上的每一处伤痕。

“你这次要是不走，恐怕以后就没机会走了。水路也好，徒步也罢，总之我把路线图给你，你想方设法怎么也得离开。”

“我不走……我不走……”

春宁用手抚摸着美惠的头，把她的头发拨往两边露出青涩而棱角分明的面容。

身边似乎有人故意大声提到黄莺儿的死讯，李姐坐起来怒目质问道：“你要是敢骗我立马抽剪子划破你的肚皮捅出肠子！”

那人吓得一个劲儿地点头。

所有人都意料不到李姐竟又呆呆地坐回原处不发一语，好像什么事情也没发生一样，面无表情地喘着气。

饥饿与疲乏令她面容憔悴，眼皮耷拉着下垂。皮肤蜡黄得像结了一层薄膜似的，油腻腻的。

她先是笑了两声，干涩的声音像是敲在了生锈的铜鼓上。继而一屁股坐在席子上背对着所有人。谢幕般地将整张脸藏起来。细细碎碎的哭声，涓流似的淌进每个人的耳朵，冷飕飕的，如一溜而过的小蛇。

整个下水道都陷入了一种莫名的气氛中。方才仍事不关己地谈论着黄莺儿的死，瞬间化成了一种罪恶与忏悔。

美惠也抱住了春宁恸哭起来。

明明是个不相干的人，甚至是数落、责难过自己的人，却还是觉得那么悲伤。

脑子里不断重复起春宁曾骂过的那些话。要怎么努力，才能修炼出一副铁石心肠啊。美惠觉得自己办不到，也不想办到。

橘色的灯光仍旧不近人情地映着每一个人的脸，好像要努力放大她们脸上的真实与虚伪，照出她们的快乐与悲伤。

“等天一黑，你就努力逃吧，离开这里，永远不要再回来了。”

这是春宁在美惠耳边不停重复的话。

和李姐的哭声一样，安安静静。

25.

阮凤英的麻将局从下午摆到黄昏，难得拉开屋子里的窗帘透进光来。多年积下的霉斑一触日头就缩到墙根里，釉色湿腻的那层水渍也顺着屋顶蒸发。天暗下后吊顶灯花的强光斜射在眼角发梢前虚晃晃的，露出领口白脖颈连着下巴的皮肉褶子。

桌子是不久前专门找人定做的，绿胶面平整柔滑得如利刀裁剪的草地。桌腿从原先老旧的四条并作一只金鸡独立，削得粗而笔挺，刷了反光亮眼的棕漆。

角落有一盆消毒水，供来人洗手，此外所有家具都散发出一股醋味，道听途说来的土方，流感闹得人心惶惶，见别人如此阮凤英自然也跟风照做。牌局忍了好一阵子不敢开动，心痒手痒，现今既是开局了便不再顾忌什么毒菌重疾，半日下来瘾正兴着肚腹空空却也丝毫不觉饥饿。

她打发阿策去隔壁吃面，阿爸林东和陈天福近来日日凑在一起喝酒，陈天福店里有自酿的米酒，不上头，喝一些话匣子易打开，两人天南地北一通侃便停不下来。女人心眼小，芝麻大的事情就两相翻脸，叶美玲对阮凤英早就心存芥蒂，加上近日板蓝根的生意更是闹得不痛快。老爷们儿虽也知道利害，可毕竟称兄道弟十数载，一杯酒下肚什么冤仇都解清了。

多多拉一条长凳闲坐桌边，眼对门栏，超出铁框的部分就黑魆魆一大片，看得了无生趣。正打着哈欠忽瞥见有半条腿跨进了门槛，眼皮往上一抬，是阿策，一下子惺忪的双眼就全睁开了。

“再不来我都快闷死在这儿了。”多多跑过去站在阿策身旁，矮了人家半个头，瘦瘦小小。

阿策摸摸自己的肚皮，眯眼一笑，多多立刻意会了。他跑到厨房去叫叶美玲下碗面，又到阿策跟前嘟囔着：“吃完面就出去玩嘛！”撒娇似的语调。

“今天恐怕不行……”阿策颇有些为难，他眺了一眼身后那两个酒酣淋漓的男人，才压低声音凑近多多耳边道，“晚上我要去接美惠出来。”

“接她出来去哪儿？”

“傻呀你，当然是离开这里，先去东兴，然后再去其他什么地方。”

“你也没告诉我啊……哼，都瞒着我！”

“春宁也是昨天刚找的我，不是还没来得及告诉你嘛！”一见多多干瞪眼张大嘴，阿策立马呵止住他，“嘘！可别让他们听见了！”

“那你得带上我，我要去，说不定美惠这一走就不回来了。”

“你能行吗？要是被发现了，你肯一块儿受罚？”

“我不管，反正我要去，死活都得去！”

“嘘！去去去，等我先吃完面，差不多就得过去了。”

多多眼珠骨碌一转，笑眯眯地说：“你过来这里吃面是假，查探他们两个的动静是真吧！”

“你个鬼灵精。”

叶美玲叫唤多多过去端面，热腾腾的还冒着气。旁边桌子的马眼林东喝得脸通红，脱了上衣光膀子露出肥肚皮。两人喝得尽兴猜起码来了，他们都是北方人，但学了本地猜码的那一套方言，吼两嗓子那势头气吞山河。

阿策三两下就把面扒净了，汤汁都不剩下，打着饱嗝，多多抽了纸巾往阿策脸上擦去满嘴的油，阿策一脸坏笑地猛张开嘴要咬住多多的手指头，吓得多多快速缩回来。

“找打啊你！”

阿策冲他做了鬼脸，末了又正儿八经道：“要走就快些！”

“明明是你先逗我的……”一嘟起嘴委屈地抱怨两下，阿策就没辙了，只好乖乖哄着多多，手搭在他肩膀上，两人大摇大摆地往屋外走，就像是平日出门玩一般，不露出一点儿破绽。

春风薄如蝉翼，月亮悬挂树梢，像一颗饱满的石榴。

坑洼的长道黑黢黢地从脚下伏过去。觉察不到有灰尘扬起。两边有长得齐腰高的芦草。绕开近河堤的路，穿过小巷子走。

“美惠她能逃得了吗？”多多冷不丁冒出了一句。

“说不准，看她运气了。”

“那要是她真逃走了，你说她还会回来吗？”

“回来做什么，自投罗网不是？”

“那你说她会想咱们吗？”

“会的吧……为什么不呢？”

“她就非得走吗？她不是说她阿爸已经不在了，她阿妈也去了越南……还是韩国？她自己一个人，能上哪儿去，万一又被其他人抓起来。”

阿策瞟了多多一眼，不耐烦地答道：“你就那么咒她呀。”

“我不是咒她！我是想……不如我们和她一块儿走？”

“亏你想得出来！快走，别啰唆！”

多多噘着嘴。两个人的步伐都加快起来，然而阿策的步子明显迈得更宽，多多要很吃力才能跟上。

事实上多多并不就真的想和美惠一起走。他是喜欢美惠的，从第一眼看见美惠他就有种难以名状的情感——一阵风似的，不可预料又叫人猝不及防。不然他也不会大费周章把美惠带回家去，他想照顾她，虽然他连自己都照顾不了。遇见美惠就像拾到一个丢失已久的心爱玩具，仿佛前世早已命定了的，陌生又熟悉，才会让他如此念念不忘吧。

似乎昨夜还是冬天，一眨眼就开春了。多多的步子越快，脑袋里拉过的影像胶片也就越迅速越清晰。他是一点儿也不想美惠离开，用其他再多的理由说服自己也比不上他只是想要美惠留在他身边的这个理由重要。

阿策伸出一只手来拉住多多，回过头道："你也别想那么多了，说不定她以后还会回来看我们啊！"

"是哦。"多多愣了一下定在路中间，雕像似的静立。鞋子里好像进了泥沙，每一步都硌脚。地下像涌上来一股水流，明明灭灭间深潭那具死尸乍现要抓住他的腿。是美惠拼了命伸手拉他。拥抱。大雨倾盆。摩托车后座上贴着美惠温柔的手。轻挥起家乡那支舞蹈。金达莱花全开了。柚皮花灯绽开在西江河上……

多多蒙眬着双眼深吸了一口气，皱着眉，低下头对阿策说："我……我肚子突然好疼，你先过去吧，我得回家了。"有些哀伤的语气，显得疲惫而有气无力。

"怎么搞的？那你快先回去吧，路上千万小心！"多多才转身，阿策想了一下又叫住他，"哎，等等，你……有没有什么话想对美惠说的？"

“没……没有，不必说啦。”佯装挠头一笑。

“真的不说什么？”

“嗯。”头也不回的多多就踉跄地迈着小步子跑回去了，好像每一步都很艰难，事实也确实如此，他正迈出艰难而决绝的步子。

阿策到井盖那儿的时候附近的商铺几乎都关了门，清道夫把菜市场旁垒高的垃圾扫进那辆绿漆三轮车后厢。倒吸一口冷气，阿策从口袋里摸出钥匙，有了上次开锁的经历，这回他利索多了，很快就将井盖打开。

月光顺着缺口射进去，照在井底仰面人的半边脸上，春宁眼睛往上一瞟，察觉是阿策来了，便催促美惠快些。

“照着那天去医院的路线，经过厕所那里，再按地图的方向走就行，要是遇着什么歹人你就跑，拼命跑。”

美惠此时仍旧迟疑不决。她故意拖沓着，左顾右盼，一会儿找不到这个，一会儿又要抱住春宁依依不舍。

其实她还是不想走，好不容易觉得日子稍稍踏实稳妥了，却要再度颠沛流离，有时候她想，要么就身在朝鲜一辈子不走，或者逃到东北延边就一直住下来，至于现在，洞穴式的日子也不见得更坏。

“美惠！”阿策有些着急地探进头来叫。

周围其他人纷纷显露出不耐烦的神情。

“要走快走，别在眼前碍手碍脚的。”

“走了倒好，少一个人抢饭碗。”

美惠转头时看到坐在正对面的李姐。发现她也正注视着自己，眼眶塌陷进去，颧下吊着皱巴巴的皮，整个人靠着墙，像株被人连根拔倒的枯树，快喘不上来气了，虚弱地眨眼睛。好像在传达什么信息似的，美惠正冥思着，却被春宁打断了。

“走啊……走吧！”两句话之间停顿了好几秒，语调也倏忽变得优柔寡断起来。

再次抱住春宁道别，然后心里也默念着和所有身边这些冷漠或是不友好的女人告别，把图纸和钱放进口袋，缓慢地爬上梯子，回眸看了最后一眼，便狠心地扭头爬出了井口。

沉沉的一声“咚”，井盖又恢复原位，地上地下，两相隔绝。

“谢谢你，阿策。”美惠呼出一大口气。

“快些走吧，也不必多说什么了。多多怕伤心，所以没来。”

“多多……帮我和他道个别。”美惠有些难为情地低着头。

阿策领着她快步走，需要先按照来时的路折回，再到岔路口分别。

月光照在地上明亮可鉴，从被风吹得窸窣作响的叶间落下来，透出单薄的青灰色。

天色乌压压的，总让人觉得贴地很近，可踮起脚挥手，却什么也触不到。

“别哭丧着脸啦。”阿策的手抚在美惠的脸颊上，有种温温热热的感觉。

“嗯。”美惠点点头，偷偷瞟了一眼阿策那双眼睛，猛缩回来，嘴里轻轻说了声，“再见！”便转身要走了。

跨出去一步，又一步，努力不要回头，她害怕阿策脸上显露出的任何一个微小情绪都会左右她刚做出的抉择。她努力让自己的注意力集中在道路两旁树叶或动物发出的细碎之声，努力让眼睛只盯着前方，可她耳边听到什么气喘吁吁的声音了，她的脚仍在往前走着，脖子稍微侧过去看一眼，赫然，阮凤英奔跑着已经靠近阿策的身后了，她诧异，又揉了揉眼，月光打在阮凤英身后瘦小的多多脸上，那张面无表情的脸孔，还有那双擦得油亮的小皮鞋，正紧跟其后。

脑子此时闪过春宁的话，是要拔腿就跑的。阿策也在身后大吼着“快跑”，可眼见阮凤英就要追上来了，阿策只好拦腰挡住阮凤英。阮凤英怒气冲冲地要扇他耳光，阿策眼也不眨，骄傲地把脸顶上去。

然而美惠却连步伐也放慢下来了，她甚至不去计算自己是否有胜算能够逃离这里，而是就那么呆呆地定住了，她看了一眼前面无尽的路，想，要走就大家一起走，光明正大地走，而不是现在这样，落荒而逃。

“美惠，美惠！”是多多稚嫩的嗓音。

就那么一秒，她决定不走了。

说理由其实也没理由。兜兜转转，其实也逃不出命定的怪圈。

她在一片尘土飞扬中立住脚跟，侧着脸学着春宁的腔调道：“什么事情至于那么大动干戈，我叫阿策出来陪我散个步罢了呀……”

月亮高悬额顶，像一颗清癯的头颅，映着她皱起的眉梢眼角。

她就那么决绝地一转身，无动于衷地看着多多，然后，踏着脚下的土地，莞尔一笑，红尘滚滚，一下子老了十岁。

26.

雨水汇成旋涡涌到那个缺了井盖的下水道里。

要是有人没站稳一下子滑倒，或许就会冲跌入深渊里被污水灌满咽喉窒息而亡。

多多举着那把大伞泰然自若地站在围拢起来的瓷砖道上。中央大街的这条路这几年翻修过一遍，贴着红绿相间的方砖，平铺至底，但还是无法掩盖老街的衰败气象。

百货大楼早已不热闹了，沿街那些偷渡而来的越南商贩也不似从前唯唯诺诺，转身就挺直腰杆四处指手画脚。附近做红木生意和海产生意的赚了好几番，于是又有一大批的跟风者尾随其后。然而阮凤英家的生意却一蹶不振，下水道早在好几年前就空荡无人，风水轮流转，这生意早就被其他人捞了去，甚至整个南安里的人，也不晓得她是死是活了。

周围有两爿老药店，开了几十年，小时候叶美玲就常命多多来拿药，中西药皆有，老板为人也极亲和。

决定要往美惠的食物里放入打胎药，好像并没有一点儿迟疑，甚至也不觉得内心有愧。美惠告诉他怀孕的时候，他的确是怔住了，他想不到美惠想用这种方式来捆住自己，又或许他是错怪了美惠，她的确是想和自己踏踏实实过日子。但他宁愿是自己误解了美惠，也不愿给她一丝一毫的机会。只能他占有她，而不是她占有他。

“你真要买这些药啊？”老板把眼镜框往上挪了挪，瞅了一眼多多递过来的单子。

“多少钱？”不容分说的口气叫老板哑口无言。

“等我去给你算算啊……”

看着老师傅转过身抓药，多多莫名冷笑了出来。

然而笑得实在太僵硬了些。他忽觉得胸口像被人凿掉了一大块鲜肉似的，空虚纠缠涌入，伸出手去，却什么也抓不到。

“你是……多多吧！真是老眼昏花了，差点儿就认不出来你了。”老师傅抓着药，迟疑着突然转过身来。

多多有些尴尬地不知道怎么回应。

“那个时候你还小，才那么高，一蹦一蹦地过来这里帮你阿妈买药。”他比画着到自己胸口的位置，又古怪地捋着胡须笑笑，“我看你是不大记得了，多少年也没有你的消息了，你阿妈阿爸也好像很久没有消息了……都去越南那里做生意，发大财了？”

“小本买卖，小本买卖……”

“做买卖好啊，好啊。”老板把药材放在天平上，三两下就包好。

接过老师傅递过来的药和找的钱，多多一转方才严苛的神情，变得谦和起来，点头示谢，默不作声转身就离去了。

路上他莫名开始回忆起自己和美惠做爱。几乎每一次，都是他像山洪暴发似的猛力突进，美惠却只是沉默着张开腿配合，和一具冷冰冰的尸体毫无差别。偶尔脸上会露出愉悦的表情，但多多还是能一眼看穿那是她装出来的。当做爱变成了机械式的进出，而没有了荷尔蒙的催促驱使，总是让人心生厌恶的。

为此多多发过很多次脾气，做爱过后，他都要痛苦地往嘴里塞进烟来缓解情绪。烟气熏得美惠眼角泛泪，他看着她，总觉得是雾里看花，太不具有真实感，太让人捉摸不透。

他质问过美惠，是不是姿势、动作不合意？

可美惠总是摇头不说话。这种裂缝存在太久了，以至于多多一直觉得是美惠不爱他。一开始还只是试探性地询问她是否还惦记着阿策，到后来，直接盖棺定论，明目张胆地羞辱她，甚至想要将她驱逐出家门。

美惠无力辩解，语言永远是苍白的。

她只能埋怨自己身体了，因为她说不出口。从被陈天福凌辱后她的身体一碰就痛。她也曾询问过春宁做爱该是什么样的感觉，然而在听到诸多形容词后她却得出截然相反的结论。她尝试着让自己不那么排斥做爱，然而每一次都以失败告终，撕裂的剧痛，就像是被利爪切割。她有时候觉得自己的身体都已经不属于自己了，她甚至想像脱裤子那样，把自己下半身脱掉斩断。她诅咒自己，甚至用手指折磨自己，她和多多的每一次做爱其实都是一次巨大的灾难。但她都承受下来了，尽力去配合，尽力不让多多觉察到自己的难受。她不敢和多多说，也不想说。事实上，哪有什么非说不可的呢？多多提着药看门外被风吹得歪斜的雨丝撞击在地面上溅出水花。

天气一糟糕，心情也随之闷闷不乐。

从小就厌恶这个季节，就像是讨厌苦瓜和芹菜一样的烦厌。多多沿着这排老楼的屋檐走，走到尽头分岔路口，下意识地右拐，再直走。

直到鬼使神差走到少年宫的大门口才停下来。

路旁的枯树枝倒戈相向，在风雨中飘摇，甩着长长曲折的臂膀，和望向它的人纠缠不清。

多多皱着的眉头松弛下来了。

似乎是到了该面对什么东西的时候。

27.

当下时节最适合怀旧了。雨水沙沙沙，和暴躁的油锅、喋喋不休的妇人一样令人不安。

抬头看天，浓云逐渐变薄，正往更东边的城市飘去。

鞋子要被忽高忽低的水流漫过，多多没有犹豫就往地势更高的地方走去。

绕过无人看守的苏联式红楼，眼下就是一片小树林了。树干和叶冠的部分几乎被雨雾脐带似的缠住，朦胧看不清前景。

手里还揣着药，本该急着回去的，但此时心底却忽生出一股新奇感。他把药往大衣内袋里一别，撑直了大伞走进白雾中。

松落的枯枝、腐败的黄叶、硌脚的碎石子，还有坠地成网的雨珠，都叫多多的步伐迈得颇为小心。他隐约记得前方就是从前那个伊斯兰风格的圆顶建筑了，可走了十几分钟，却原地兜圈，如置身迷宫之中，无迹可循。

回头也无路，多多开始埋怨起自己来，不该由着性子乱闯入。少年时每一次过来都有阿策的陪伴，阿策天生就有敏锐的洞察力，他像条训练有素的猎犬，总是能安然无恙地带着多多抵达目的地。

在一棵树下静立着休息了一小会儿，想等待雨小了雾退去方可看清前路，思忖着又绕到树背后，才看到竟挂着树牌，是株一百六十多岁的老树了，科属字迹有些模糊不清，然而倒是留有一个所属单位的举报电话，多多拿出手机往那里拨过去，很快就接通了，一开始对方声音温和平淡，而多多一提到自己是被困林中，对方立马显出一副不耐烦的腔调，让他站着别动，并报出树名和树龄。

不到十分钟就看到一个中年妇人穿着黑胶雨靴跨大步从容而来。

“刚刚打电话的是你吧？怎么一个人走到这里来了？”

还没来得及回答，那人又继续说道：“先和我过去做个登记，走。”

步子快得多多一路都带点儿小跑才能跟上。

没多久就出了小树林，紧接着是一扇门，站在巨大延伸的屋檐下面已经可以不用打伞了，多多收了伞，看到妇人从裤腰间一大串钥匙中拔出其中一把利索地插入拧开生锈的铁门，里面没关掉的收音机正播着节目。

“在那本子上写下你的姓名，造访目的，电话和身份证。”妇人一屁股坐在椅子上手指了指旁边的凳子，示意多多可以坐那里。

“哦……可为什么登记这个？”

“大雨天的跑到我们单位管辖的片区，谁知道你过来是不是偷伐老树的？”妇人冲多多脸上瞥去一眼，咯咯笑出声来，“不过看着也不大像，你呀，就老实写下吧。”

“那你们单位是？”

“你到这里来居然不知道我们单位？胆子还挺大。这是火葬场呀，好听点儿就说是殡仪馆，不过都一样。”

“殡仪馆？一直都是吗？”多多疑惑地看着黄斑脸妇人。

“以前不是，更早时是疯人院，也就是神经病院。”

“精神病院吧？”

“是是是，精神病神经病我总是分不清楚。”

多多点点头，不可思议地打探着周围的环境，他没想到自己竟那么进来了，大概是走的后门，路上也没来得及看清建筑的外观，只是以为就走进了一个小房间。

“这儿就你一个人吗？”

“呵呵，这话可不能乱说，你身后那堵墙后边就是放骨灰坛的，你说这里是不是就我一个人？”

“哦，哦。那你们这儿有没有一个叫阿策的？”

“阿策？哪个阿策？”妇人拉开抽屉抓了一把瓜子就自顾在那儿嗑起来，又伸出手问多多是否要吃。

“林宇策，嗯，他有在这里待过吗？”

“呀，你说他啊，这个年轻小伙子。他现在做保洁员，挺勤快一人。”

“保洁员？他不是……”多多右手指了指脑袋，“这里有问题吗？”

“是呀，可人手不够有什么办法，又没人愿意来这儿，而且他看起来也没什么不正常，真奇怪他们家人当初花那么一大笔钱送他进来做什么，他倒也不肯出去，呵呵，怎么，你认识他？”

“没有没有，听人说过而已。”

“这你都听说了？那你怎么不知道这里是殡仪馆，不然你来这儿做什么？”

“以前不是精神病院嘛，我以为现在还是……”

“那都是多少年前的事情啦，这年头也不像从前，精神病人哪里还送这儿来？可谁又愿意白白浪费了那么大块风水宝地，说来也挺有意思，这殡仪馆最初的骨灰还都是那些在这儿老死的精神病人的，以前他们活着的时候没人肯来探望，反倒是他们一死，各种追悼会就召开个不停，年年都还会有人来扫墓献花圈，一听那悼词，才晓得原来里头关的大部分精神病人要么是当大官的，要么曾经是有钱人。你说稀不稀奇？”

“那你知道林宇策是因为什么进的精神病院吗？”多多似乎对其他精神病人的来历丝毫不感兴趣。

“这我可就不大清楚了，说是因为钱？一箱子金银财宝？还是其他什么的，也有人说因为他耍流氓？可这耍流氓和精神病之间有什么关系呢？看起来他为人也挺正直呀，反正我是挺喜欢这小伙子的。”说完话妇人就伸过手去把收音机拿过来调频，播放到天气预报了，说是未来几天会逐渐多云转晴，她听到后大呼起来，“呀，总算要天晴了，这雨噼里啪啦下得我整天没精神……”

多多已经没再注意妇人后面的话了，倒是那箱子金银，让多多若有所思。

“他现在在哪儿？我能去看看他吗？”

“你说林宇策？你去走廊右边那个杂货间，兴许他在那儿做卫生，不然就该是待在自个儿房间了，顶楼上最角落那个。你登记完了没，我看看，身份证得写，写完你就自己找去吧，可别乱跑，我还要听广播，要出去下来和我说一声。”

多多填完身份证号码就往妇人说的方向走过去了。

刚松了口气，却马上又心扑扑直跳。

杂货房杂货房，多多在心里默念着这三个字，等他走到那里才发现房门是上锁的，推不开。他有些失望，看来只能到楼顶去了。

在大厅中间找到电梯，但挂了牌子显示正在维修。

于是只能走身后的安全通道。

楼梯很窄，并且白炽灯已经不怎么亮了，灯泡的玻璃罩上面似乎蒙了厚厚的灰。他一直走到三楼，看到有一个戴口罩的男人正拖着一麻袋垃圾往台阶上走。

垃圾袋几乎要占据整个楼梯的宽度，所以多多得等着他先上去，于是就贴着墙壁站立。

戴口罩的那个人抬头看了一眼多多，背着光，看不清脸，然而多多却在和他对视的一瞬间认出了他来，仅凭一双露出的眼睛："阿策？"

这两个字叫那个戴口罩的人突然愣住不动，手忙脚乱地要把垃圾袋拼命往上扯，却适得其反，哐当一声整个袋子翻跟斗似的咕隆往楼梯下滚，而那个戴口罩的人也不知所措地丢下垃圾袋三步并作两步往楼上跑去了。

多多猛吸了口气，追着那人一路跑到楼顶角落的房间。

"砰"的一声。

还是晚了一步，他已经把门关上了。

多多敲门大喊："阿策是你吗？"

不见回音，反而让多多更加确信了："我知道是你，别躲在里面啊！到底发生了什么事情，你为什么会在这里？"

雨水敲击地面的声音连同多多不知疲倦的叫唤在顶楼回荡，外头沸反盈天，可房门里面却无动于衷。

这让多多越发地肯定那个戴口罩的人就是阿策，他多年未见如今却囚身于此的阿策。

他打探四周的环境，其实这里已经算是天台了，只是顶上弧形的房檐延伸出来能遮蔽住雨水烈日。阿策房门前面有一只破烂的蛇皮袋，里头装满废弃压瘪的塑料瓶子。

雨声越来越小，多多也叫得没了力气。

“我知道你听得见的。”多多喉咙呜咽了一下又提高了声调，“阿策！”手捶打向铁门然后失落地贴着门壁向下滑落。

最后看了一眼这条长廊，多多快步下楼取了雨伞。

“怎么，没见着呀？”妇人盯着手里的报纸一连翻了好几页。

“好像是他，又好像不是。”

“你没上去和他打个招呼？”

“他见了我就跑，没能说上话。”

“怕是给吓着了，那么长时间不见生人，也难怪。”

“他不可能认不出我的！”

“哪有什么不可能的，你要明白，他是脑子出了问题。”说着还用手指敲敲自己的脑门儿。

“其他人他也认不得吗？”

“其他人？我在这儿那么久，除了你，也没别的人来看他呀。”

“哎……我还是下次再过来吧，今天多谢你，实在麻烦了。”

“哪儿的话，你常过来陪我聊天，也好打发时间啊。这地方，半个人影也没有。”

多多轻轻点头，让妇人将他带离这个地方，他央求走正门，在路上他仔细看着这个圆顶建筑——童年时梦想的城堡，外头看上去金碧辉煌，里面却阴气森森一阵冰寒。

28.

回到家中时美惠仍躺在阁楼的小床上半睡半醒。

多多便到厨房给她熬药，正烧着火。本来想端着药再上去向美惠发问的，但看着火焰喷薄他有些按捺不住，便上了楼去。

“怎么还不睡呢？我给你买了药，已经煮上了，待会儿端上来你趁热喝了吧。”多多坐到床边。

美惠侧过身看了他一眼，也不说话。

“好好躺着，别动。”见美惠不应声，多多便又殷勤地凑近了去帮她盖上被子。

“我又不是残疾了或者瘫痪在床，没那么娇弱。”

“之前……之前是我态度不好，你好好养身体，别动气了。”

“我没生气，我有什么气好生呀，我只是想你出去那么久，是不是不回来了，走了倒好，让我清静。”

“刚刚雨突然变大了，我就在药店等着，雨一小我就赶紧回来了。”

美惠沉默不语，按住腹部蜷缩着，眼睛故意瞥向另外一个不知道哪里的方向。

“我听说阿策就在附近那个少年宫，是吗？”发问的时候多多有些提心吊胆。

美惠转过脸瞪大眼睛看着他：“不是说不再提这件事了吗？”

“是是是，不提不提。”多多喉咙像被什么锁住似的，又慢吞吞地说，“我去楼下看看药好了没。”

美惠仍旧不吭声，她换了个姿势靠在床边。

雨倒是小了些，可天仍旧阴阴惨惨的，叫人提不起精神来。

多多有些心烦意乱地拼命往炉灶下添柴。火烧得越旺，多多的脸颊越烫。浓烟滚滚熏着多多的眼鼻。吸入太多的一氧化碳总是朦朦胧胧叫人神志不清。

一旦谈及阿策，美惠便总是躲躲闪闪，多多觉得大概也无法从她口中得知什么了。思来想去，恐怕也只能去拜托春宁，况且她知道的，也未必要比美惠少。

多多把药盛在碗里，轻轻嗅了一下，味道古怪，便胡乱加了一勺糖，稍微晾凉一些，吹着气，滤掉下面一层渣滓。

他把药端到阁楼上，把美惠叫起来，有些心不在焉，看见美惠小口小口喝下去，他便放心了。

“春宁那儿好像有什么需要帮忙的，我过去看看。”

“她那里，你能帮上什么忙？”美惠把碗挪开放在一旁，想了想，语气又逐渐平和起来，“那你就过去吧，也顺便替我向她问个好。”

“喝了这药可能有些犯困，你累了就躺下休息吧。”临走前多多把窗帘整个拉上，阁楼一下便暗了。

他去找春宁，难免有些胆战心惊。

开门的是个十六七岁的姑娘，多多说：“我找春宁，可以上去吗？”

“到这儿来的有哪个不是找我们春宁姐的？先生贵姓，有预约过吗？”

“我是她朋友，就住隔壁这栋楼，昨天夜里回来的，今早我还和她见过面……”

“那你进来吧，春宁姐在二楼最里间。”

多多点了点头，走进去一楼仍旧和原先阮凤英在时一般阴沉沉，帘子也不拉开，什么都看不清。他按记忆走到楼梯口，上了二楼，所有房间都敞开着，唯独一间掩了门的，他猜想春宁应当在里面了。客客气气地敲了门才进去，春宁正给一个年轻妇人做指甲，看见是多多来了，稍抬起头问他：“怎么突然就过来了，也不同我说一声，是有什么急事儿？”

“也不是什么急事儿，就是想问问你有关阿策的事情。”多多靠墙站立，有些拘束。

“阿策？不是说了他早不在这儿了吗？还有什么好问的呀，我的小少爷！”

“我今天好像看见他了。”

春宁一怔，放下手中的磨片，清了清嗓子，镇定地往屋外叫了声：“云梦，你过来帮陈太太修一下边角，我带这位客人到楼上去坐会儿。”说完便领着多多往楼上去。

三楼那个较大的房间，用钥匙才能打开，两人一进里屋，春宁便把门锁上了。

她从抽屉取了烟盒，自己燃上，架着腿坐在阮凤英留下来的那把黄花梨木木椅上，声音轻飘飘地说：“你去那里找他了？”

“是，但他好像一点儿也不想见到我，中间到底发生了什么？”

“你以后不要再去见他了，这样对你们俩都好。”

“为什么？”

“不为什么，他的情况你也知道了，多说无益，他现在在那里，已经是他最好的归宿了，这些年他本来过得平平静静，你突然闯进去，反而是在刺激他。”

“我只想明白他为什么会这样子，你有看过他现在住的什么地方过的什么日子吗？”

春宁把两条腿放平，瘦瘦地并拢起来，不留缝，吐了口气，用食指去弹烟灰：“反正你过阵子也要回去了，你就当作没他这个人了，不是更好吗？”

“当作没他这个人？”多多冷笑了声，“你就是知道也不肯告诉我对吧！”

“多多，不是我不肯告诉你，实在是我无从开口。”

“那好，我去问其他人，整个南安那么大，我就不信没人告诉我。”说完便要拉开门。

“你站住！”春宁追上去，“所有人好不容易都忘掉了，你一而再再而三地提起，阿策以后如果出来了，还怎么做人？好，你想知道是吗，我告诉你，他今天这样，所有一切全都是你造成的，你不要再去打扰他追问他了。”

“和我有关？”

“我能说的也只有这么多了，剩下的你也不要再追问了。”春宁把烟揿灭，看着多多，“放过阿策吧，你这样靠近他，只会是害他。”

多多的手放在门把上迟疑了一下，还是推开门往外走了。

春宁也跟随他走，走到二楼，当着其他人的面，她忽然换了个腔调说：“多多呀，晚上带美惠过来这里吃饭，我让她们准备了火锅，这天气又冷又潮的，祛祛湿。”

“不了，她……”

"就当是洗尘宴，你们好不容易回来一趟，也不肯来我这儿吃个饭，太不给面子了。"

多多看了眼周围的人，都望着他笑脸盈盈的，他勉强点了点头，便匆匆往楼下走。

这个季节的天色总是暗得很快，出了春宁家，视野虽开阔了不少，但仍旧灰蒙蒙一片。淤水倒较之前退下些许，可雨滴细细密密地落下来，叫人探不清前路深浅。多多不明所以地站在门口，有些恍惚，隔几步路就是自己家了，却怎么也不想走。他从口袋里摸出了烟盒，还剩最后一支了，火机打了好几下才跳出火苗，风刮来的方向也时东时西。

刚刚那个叫云梦的姑娘追下来打开门，说："你忘了伞。"

多多迅速地吸掉最后一口烟，扔在雨水中熄灭了，尴尬地伸出手去接伞。想致谢，一抬头却发现人已经走了。空落落独身一人弯着腰，迟疑着叹了口气也自顾撑起伞往家里走。

春宁方才的话说得不明不白，可多多似乎才刚刚反应过来。他把伞放在通风的窗台边，想着为什么是自己造成阿策现在这样，甩去身上的水，又轻轻打理了衣服上的褶皱，不得其解，沉默着上了阁楼。

美惠安然无恙地躺在床上，看样子是入了眠。多多坐在床角，看着她的侧脸，有些不忍心，又站起来去旁边翻找药碗，发现已经喝尽，放回原位，又坐下，背靠着墙，伸手去轻抚美惠的眉眼。这动作总觉得似曾相识，可偏偏想不起是谁。

美惠翻了个身，头很自然地往多多身上靠过来。蒙昽间，她问："回来了？"

“嗯。”多多用手托住美惠的头，拨开她额前的碎发，“你刚刚有没有觉得哪里不舒服，肚子疼或者……”

美惠打了个哈欠，懒懒地伸手去环抱住多多的腰：“喝了药好很多，就是觉得困。”

“那你继续睡，好好睡。”多多让她躺在自己怀中，房间里阴暗无光，其实并不大看得清，可多多还是一动不动看着美惠模糊的脸庞。他想伸手去摸她的脸，可又怕会惊扰到她，于是好几次快碰到时又迅速缩回来了，想想便自己也取笑起自己的笨拙来。帘子被风吹得鼓胀，过了好一阵子，又突然泄了气似的瘪下去。多多把头顶着后壁，连呼吸也放缓，他忍不住要偷偷看美惠。看到了，即使不清楚，也觉安心。恍觉彼此在一起这些年，却从来没有觉得哪一刻像现在这样安静。

29.

“就猜到我不来你俩都不肯过去。”春宁突然推门进了阁楼。

“嘘……”从门口漏进的光线让多多有些晃眼。

“她还在睡呀！”春宁声音压得很低，走过去站在多多身旁。

“她太累了，很久没有睡那么沉了。”

“春宁……”美惠揉着眼，慢慢坐靠起来，“你怎么来了？”

“来看看你，没事儿，你睡，你睡。”

“睡太久，脑袋昏昏沉沉的。”美惠让多多把帘子和灯都打开，光一照在脸上，人就清醒了。

“饿了没，这两天也没怎么好好吃东西吧？”春宁趁多多拉窗帘的空当儿，一屁股坐到那张窄窄的床上。

“是有一点儿……”

“那就是饿得不行了，你的话，我还不了解？说不饿那就肯定是饿的，除非说饱得很，那也是吃得刚刚好。”

美惠忍不住笑了出来：“你这张嘴，还是那么厉害。”

“不是我嘴巴厉害，是你太不懂得对自己好了，你有什么总是不说出来，别人哪有工夫去猜？呀，怎么说着说着我都忘了，家里火锅得烧开了吧！多多，你也真是的，我让你来叫美惠过我那儿去吃饭，你倒好，在这儿一坐老半天，屁也不放一个。”

多多不好意思地站在一边。

"是我太贪睡，让姐姐你辛苦跑一趟了，我洗个脸换身衣服，你们下楼等我，马上就过去。"

"辛苦倒是不辛苦，就怕你不来浪费了我那一锅汤。"春宁慢悠悠地尾随多多下了楼。

"天宝叔叔也一块儿去？"

"我刚给他送过饭了，不用叫他，带上他反倒麻烦。"

"也是。"

两人下楼梯的时候脚步轻而慢，春宁高跟鞋着地时发出来的敲击声清脆响亮。

"你一会儿可别在饭桌上提阿策的事情了，尤其在美惠面前。"

"尽量吧。"

"是一定不要提。"春宁和多多对视了一小会儿，然后就听见美惠下楼的声音。

"我刚刚在窗台看，雨好像小了。"

多多率先过去开了门，雨的确是小了。

春宁随后说："是呀，我过来的时候都不用打伞的。"

但多多还是撑开了那把大伞送美惠走过去，担心她淋湿受凉。

餐桌在三楼，阮凤英在的时候就把一整面墙推掉全换上玻璃窗，可以眺见远处的西江河。桌子就挨靠着落地窗，那个叫云梦的姑娘摆好餐具便掩门离席。

"这汤底是猪肚鸡，我特地叫人去裕泰家排了一中午队买来的，你们以前应该都没尝过，这两年才在南安开起来的店，这汤呀温和滋补，最适合这个季节了，先给你盛两碗喝喝看。”

多多把汤吹凉了些给美惠递过去，两眼时不时盯着她的腹部看。

“美惠呀，你当初说要去找他，我还取笑你异想天开，没想到你还真把他给带回来了。”春宁往桌上三个空杯都斟满酒，先自己一口饮尽。

“我也没想到自己真能找到他，看见他时，就怕他记不起来我是谁。”美惠想要举起酒杯，却被多多一把夺过。

“你身体不好，今晚我就替你喝了吧，敬春宁姐的。”多多喝干后便又添上一杯，“刚刚是替美惠，现在这杯是我敬你，谢谢你这些年照顾她了，来，干。”

春宁也爽快，三两杯酒下肚，反倒更清醒了。

“我还是想不通，你究竟怎么找到多多的？”

“我去了他学校，但太多年了，我实在记不清学校的全名，只记得在哪座城市，于是找了好几所，才问到有他这个人，后来又去他工作过的公司，辗转了好几家，最后堵在大楼门口等下班，大家拥挤着出来，可我一眼就认出他来了。”

“多多你呢，你那时候有认出她来吗？”

“我……我有些记不清了。”多多当然也一眼就认出来了，可他那时却故意视而不见，他是决然想斩断过去的，却突然跳出来一个美惠，让他猝不及防。

“你当时看见我便转身朝另一个方向走，哪里是记不清。”热腾腾的水汽也让美惠有些微醺了，她手肘顶在桌子上托住自己的下巴，迷茫地看着盘里的剩菜。

“过去的不提了不提了，反正现在不也过得很好吗？”春宁笑着又饮了一小口。

“好？哪里好？”美惠的手一松懈，不小心推倒了一只玻璃杯，落在地上，幸好没有打碎。

场面突然有些尴尬冷清，春宁改口说：“你们在外头这些年，准是见识了不少事情吧。”

“外头里头，哪里还不都一样？当年阮凤英说得对呀，在下水道里头，就十几个人，是敌是友分得很清，不像外头，指不定什么时候就掉到别人陷阱里，永世不得翻身。南安也一样，出了南安，也不见得要更好啊。”

“是啊，这么多年没回来，物是人非，我反倒觉得清净了不少。”多多闷头喝酒，喉咙火辣辣的。

“那可不，前几年警察把整条街都搜了个底朝天，吓得当年那些姐妹胆战心惊，都以为自己在劫难逃，可没想到，他们把人带回去，非但没有严刑拷问，还好茶好水伺候着，听她们哭诉这些年的遭遇，送她们原路折返，回到故乡。反倒是那些为非作歹的‘蛇头’，总算是遭了报应，风水轮流转，现在轮到他们在监狱里叫苦，给我们狠狠出了一口恶气！”春宁叹了口气，“眼见着这南安是越来越好了，政府和社会进一步加大了打击黑暗势力，治理偷渡渠道的力度。太平盛世，苦日子总算是熬到了头，可你们却又都不在了。现在既然回来了，还打算再走？”

“走总也还是要走的，只是不急于这一时吧，就是不知道多多怎么想。”

“我都听你的。”多多突然冒出一句。

“照我的意思，你们都先留下，我这儿天天好酒好菜招待着，你们要是走了，我自己一个人，也没个人陪我说句话，孤单得很！”

美惠笑了笑，从春宁面前拿过她的酒杯，快速地抿了一小口，多多也来不及拦住。

“我就喝这一点儿，尽尽兴，不然单看你们喝，我也难受。”

“你记不记得那会儿我们刚出来，你喝起酒来，比我都豪爽，结果半夜扶着电线杆子吐了一路，我们两个人抱头痛哭瘫坐在马路边，直到天亮才清醒过来。”春宁又取来一个空杯，给自己添满又饮尽。

美惠手里捏着酒杯，醉眼迷离，她眺往窗外，凉风吹来，脸颊微微泛红，她突然定住，说：“春宁姐，你那里还有没有香火纸钱？我想去看个人。”

“都这个点儿了，还要出去看谁？”多多把酒瓶挪远，顺手去拨开美惠的手指，把空酒杯都挪往一边。

春宁和美惠对视着，心领神会了，不多说一句，便起身去拿香纸。

“怎么想起来这个时候去？”

“就是觉得好多年没去了，想想，还真是好多年了啊。”

“我陪你吧。”见美惠站了起来，多多也跟向前。

“也好，多多陪着你我比较放心。”春宁把袋子递过去，轻轻和美惠碰肩相拥，以示道别。她把他俩送到门口，挨着门框，伸出一只手去探雨，似乎不再下了。

“龙王爷总算是歇停一会儿了，这雨足足下了半个月，屋里的木头家具怕是都要长毛了。”春宁同他俩摆了摆手，就此别过。

一路上美惠都靠着多多走，踉踉跄跄。虽然雨是停了，可地面的积水忽高忽低，走起路来也得左右摇晃。

绕过那个路口，便是出水道口了。

“你要看的人在这儿？”见美惠停下来不走了，多多难免生疑。

“嘘，火机递给我。”美惠蹲下来，先燃了香炷，插在石块缝里，头三张开路钱转瞬成灰，“可惜没带李姐最爱喝的刺梨酒。”

“李姐，我以前怎么没听你说过？”

“你又不认识，我就算提起过，你也未必记得呀。”美惠又往火光里添了几张冥币，把那一摞都解开，一张一张放下去，“当时连我也没想到李姐竟会帮我顶住，不然现在我哪能这么安然无恙地在这儿？”

“是什么时候的事了？那时我还在南安？”

“你还记不记得那次我要逃走？说来我也就逃过那一次，阮凤英气得告诉了马眼，他俩想打瘸我的腿让我去市里卖同情讨钱。是李姐突然挺身出来死死抱住马眼，身上结结实实挨了几棍子，落下了后来的筋骨毛病。我先前也没想到她会站出来的，我刚来那会儿，她和黄莺儿四处寻我麻烦，后来黄莺儿死了，她就像变了一个人，又或许她那个时候帮我只是为了让自己好过些，或者干脆一了百了。可不管怎么说，她到底是和我交了心，说了许多事情的。”

“那后来她怎么样了，你来这里祭拜她，为什么不去那时那个下水道？”

美惠叹了口气，低着头往火里添纸，灰烬扑面而来也不闪躲，沉默了一小会儿，她才接着说：“没过多久她就病得厉害，也不肯去看医生，走也走不动，就躺在下水道里等死。最后那一个月的时间里整个人浮肿得眼睛都被挤垮了，看不清东西，浑身疼痛，我们往她喉咙里插管子喂她食物，她虚弱得连叫喊的力气也没有。时不时怪笑或者叫一两声都足以让我们欣慰了。以前她威风八面的，一病起来，其他女人都挤对她，掐她手臂或者干脆把什么脏东西全泼向她。我替她擦身体，可才解开裤子，排泄物就突然刹不住地倾泻而出，我照顾她，又心疼又愧疚。最后大抵是她不想再麻烦我了，那天夜里趁我睡着了不注意，便自己耗光所有力气硬撑着走往水道，一屁股坐着顺流而下。他们说后来这个地方的水道口堵住了，叫人来修，才看到有那么一个人安安静静地死了卡在这里，身体被水泡得发白。听他们描述起发现她时的姿势，我都能想象得出，她是怎么自己一步步爬起来跳下去的。也怪我，一时睡过去……”

“哪里能怪你，人命都是有定数的，况且也是她自己选的。”多多心疼地把美惠扶起来，等最后一张纸币烧尽了，美惠转过身抱着多多，下巴轻轻靠在他的肩上。

“那我的命，也是有定数的吗？”

多多不知道该怎么回答，只得沉默地将她搂得更用力些。

美惠低头死盯着脚底下这块被水泥堵死的井盖，她原本只是想试探他，而现在，她知道多多相信了自己的话，秘密永远藏在脚下，总觉得万无一失了，才松了口气。

30.

初霁的天光如洗。尤其是夜里，东方的天际线像河豚光滑的背脊。

美惠轻声说："我想去西江河边走走。"

他们便绕过枯败高大的木棉，走向了码头。彩色的小船堆靠在岸边，层层叠叠排开，要占掉了半截河面。

"小时候很喜欢跑到这里来，那个时候真想随便跳上一艘船什么的，就远走高飞，再也不回来了。"

"如果是跳上这种船的话，你应该会被渔夫当作大鱼捕回来吧？"美惠笑着往水里掷了一颗石子，回荡着沉闷的一声"咚"。

"所以后来就改了愿望想乘热气球飞走啊。"

"但最终你还是挤在卡车里离开了。"美惠想了想，往事历历在目，"那天阿策没有来，你一定很沮丧吧？"

"为什么突然那么说？"

"那时候觉得你一直心不在焉的。其实那天阿策有来，他一大早就等在车站那里了，但是一看到你他就匆匆扭头走了，说到底还是受不了这种分离的场景吧。"

"我知道他在和我赌气，只是没想到等我回来一切都变了样，连和解的话都没机会说。"

"你告诉我的人各有命，或许那就是他的命，谁也改变不了的。"

“到现在你还不愿意告诉我到底发生了什么吗？”

美惠坐在草地上，沉默地看着对岸。

“是因为那个红木箱子。”她拾起一颗石子，抛到河里，“他后来又去深潭那里了，费了很大劲儿把箱子带回来。我和他结婚之后他就当家了，阮凤英不管事了，生意不好，他忧心忡忡，突然得到了这么个箱子，感觉一切都要好起来了，可你阿爸跑过来闹，说这箱子也要算他一份，两家人闹得很不愉快，加上之后阮凤英和你阿爸的事情，几乎是两败俱伤，当然这也都是后话了。那个红箱子里，根本也不是什么宝物，打开后看见里面是一具泰国木偶，惨白的脸被水泡得浮肿，杀气很重，大家都嫌晦气，阿策气得跑到少年宫里找吴爷爷，疯了一般地掐着他的脖子大骂，最后出了事故，阿策被当作精神病人关了起来，吴爷爷则……”

“我以为你会和我说实话的。”

“你觉得我在骗你？”

“你自己说出口的话你信吗？”

美惠怔怔地看着多多：“这已经是最好的结局了，你还想听什么？”

“阿策不是那样的人。”

“人是会变的。”

“我那天看他的眼神，我知道他没有变。”

“你去见他了？”美惠紧张地拽住他的手臂，“他都和你说了什么？”

“他什么也没有说，一见到我就跑。”

“答应我，不要再去找他了，这对你对他对所有人都好。”

“你说这话的语气、词句，简直和春宁如出一辙。”

“你不懂，你什么都不懂，我们明天就走，离开南安。”

“你说我不懂，却又什么也不肯告诉我，你们一个两个都这样，我真是受够了，要走你自己走，我要留下来。”

“多多！”美惠想抓住他的手却被生硬地拒绝了。

多多头也不回地沿着河堤一直走，步子很快，几乎要跑起来了，美惠一个人追在身后，趔趄不止，干脆把高跟鞋脱了提在手里赤着脚走，可仍旧跟不上，她泄了气坐在石阶上，冲着多多远去的背影大声地叫他的名字，人是叫不回来了，反倒叫来了一直向岸上涌的浪涛。

身后的树林里飞腾出一大群惊醒的黑鸟。在上空盘旋，又转瞬即逝。

沿街的铺子都打烊了，多多走在空旷的马路上，风呼哧着灌进他的袖口。直到靠近城隍庙，那个也靠近少年宫的地方，有一家深夜仍开着的小酒馆。

多多有些冒失地走进去，里头冷冷清清，柜台那儿也没人，只有一沓菜单。他取过其中一份，找了张椅子坐下，无精打采地从头看到尾，又从尾看到头，却似乎一个字都看不进去。

“又来一个买酒消愁的。”

多多回头一看，是药房那个老师傅：“你也来喝酒？”

“我不喝酒，我帮个老朋友看店，你喝什么，白酒，还是啤酒？”

“你这里有没有刺梨酒？”多多打了个嗝，透出浓浓的酒气，脑子里突然闪过美惠提及的这三个字。

“刺梨酒？”老师傅一拍脑袋，“你说的是金樱酒吧，没想到除了她，还有人管金樱酒叫刺梨酒。”

多多尴尬地点点头，也是才知道刺梨酒就是金樱酒。他们家里从前也有泡制这种酒，宽口的玻璃罐子里塞进十斤金樱果，配以冰糖、糯米和猪油，封盖前放入特制的曲药发酵，少的有三四年，多则七八年，只有阿爸能喝，天宝叔叔偶尔也能喝，阿妈和多多便只能站在一旁看着。

“你还知道有人管这叫刺梨酒？”多多觉得好奇，“那人不会是姓李吧？”

“你们认识？”

多多摇摇头：“可能见过一两次面，但她死得早，我还没机会认识。”

“什么死得早，人前两天还特地从城南过来这里买酒。”

“你是说她还活着？”

“活得好好的，嫁给了锰矿工头，下半辈子都不用愁了。”

多多一怔：“你知道她具体住哪儿吗？”

老师傅捋了捋胡子笑道：“不急不急，你先喝酒，我一会儿写在纸上给你。”

多多坐立不安，他预感这个姓李的人便是美惠口中的李姐，若真是如此，恐怕只有她能告诉自己些什么了。

31.

美惠在家中等了多多一夜，坐在床边时不时往窗下看，寂静无声，她整个人憔悴了不少。天方亮，她便起身去找了春宁。春宁宿醉方醒，连连打着哈欠，又问美惠怎么来这么早，再一看美惠脸色，便猜到十之八九了。她让美惠静观其变，先带着她到楼上蒸桑拿——春宁接手这栋楼后，将里头的设施大改，美容、按摩、泡澡各类服务俱全。阮凤英留下的木材家具配上这些洗浴用具使得这间屋子的格局在整个南安也显得富丽堂皇。这些年春宁经营这家会所攒下不少积蓄，又有先前马眼的资产，在城北，都可算是财力雄厚。但她和从前的阮凤英不一样，阮凤英是一人独大，其他姐妹都被她榨干了分文不赚。春宁好不容易从井底出来，她知道其中艰辛，所以散尽家财与姐妹有福同享，想走的她从不留，愿意留下的她也乐意收，所以姐妹们都是主动跟随她，绝无二心。

两个人在桑拿房里敞开了聊，聊起昨夜之事，美惠有些难过，她想不到多多竟会这样扔下她一个人在路边，并且是为了阿策。春宁摆手扇风，问道："你和他说什么了？"

"除了红木箱子，还能说什么？"美惠觉得桑拿房里太热，胸口闷闷的，有些恶心。

"呀，我都忘了你还怀着孕。"说着春宁便把温度调低了些，此时她已满头大汗，酒气也随汗珠蒸发出来，脑袋清醒了不少。

美惠两手平放在小腹上，轻轻地抚摸着，从她知道自己怀孕到现在其实也就一个多月，除了偶尔有些阵痛，恶心呕吐之类的症状暂时没有显露出来，她胃口倒也还行，只是心情一差，便什么也不想吃了。

“昨天晚上你带他去那儿，他什么反应？”

“我跟他说李姐死在那儿的，看来他还不知道李姐是谁，至于水泥下面的事情，我想他也不会知道。”

“他疑心也真是重，说什么都不信，居然还跑到少年宫找到阿策了，真不知道他接下来还会干出什么来。”

“现在阿策在那里，就像颗定时炸弹，什么时候突然炸开，能把所有人都炸得粉身碎骨。”美惠轻轻叹了口气，“我们倒是没什么，就怕多多……”

“干脆把阿策送走，一了百了。”

美惠不置可否，此时她在想着另外一件事，到了万不得已的时候，她还得找一条退路。至于会不会真的有那么一天，她不知道，春宁也不知道，所有人都不知道。

多多连家也没回，醒了酒便匆匆赶往城南去找李姐。从城北到城南，要沿西江河一路走，中间经过一个破败的红砖尖顶法国天主教堂，这里是西江河南北段的分界，教堂门口的小广场停了一排待客的三轮车，周末的时候还会有各式各样的车子停在这儿，从各乡镇赶来做礼拜，但其实什么都信一些，寺院的香火要抢头炷，财神爷也人人家中摆一个，所以还没分清天主教和基督教，便迫不及待地进去祷告。不过今天不是周末，小广场有些冷清，三轮车夫还打着瞌睡，多多跳上其中一辆，报了地址，便一路飞驰而去。

那幢三层高的西式小洋房，原先是法国人的住宅，新中国成立后充了公，不知道怎么这几年又被人盘了下来。但房子的外观其实并不算出众，围墙是灰色的，边缘装上碎玻璃，显得有些突兀，除了大门还算气派，有两根细细的罗马柱子，顶楼的阳台也是雕花的栏杆，但晒上些飘飞的衣物，就又成了普通人家。

在老师傅的那张纸条里，李姐的名字是李飞飞，所以多多见到李姐的时候，居然脱口而出问她是不是李飞飞。

李姐呵斥道："什么李飞飞凤飞飞的，那都是上辈子的事情了，你是谁，我认识你吗？"

"我是陈多多，你可能不认识我，但你应该知道我阿爸陈天福。"

"你是陈天福的儿子多多？"李姐这才把多多请进房间里，"我记得你，你不是早就离开南安了吗，怎么又回来了？"

李姐领着多多上了楼顶天台，递过去根烟，给自己也燃了一根，烟气飘往天空，风一吹就没了。

"这雨一下下了大半个月，总算是停了，说吧，你找我什么事儿？"

眼前的李姐绝然不是美惠口中那个膀大腰圆的女人，她虽然不瘦，但也只是稍显结实了一些，若是仔细朝她脸上一看，还是看得出原先粗犷的轮廓，不过瘦了下来后皮肉有些松垮，尤其是下巴脖子那部分，堆了好几层的皱纹。

多多开门见山，说自己想打听点儿事情。

"见过有人找我谈生意做买卖的，还真没听过有人来和我打听事情的。"李姐请多多坐在那张白橡木的竖条纹椅上，但多多直直地站着。

"你还记不记得阿策？"

“原来你是想问这个？”李姐把烟气吐到多多脸上，笑了笑，道，“城北的事情你去问春宁，我们井水不犯河水，你问错人了。”

多多还想追问下去，但李姐下了逐客令，门边便有人来请他下了楼。

被推搡着走到楼梯口，多多忍不住朝楼上大喊了一声：“美惠说你死了！”

“有意思。”李姐松了口，让人放开多多，他才重新登上了顶楼天台。

“我和她的恩怨早就了结了，她说我死了，是什么个意思？”

“她带我去那块水泥地，给你烧了纸钱，说是你死在了那里。”多多低着头，但眼睛却悄悄瞥向李姐，观察她的表情。

“故弄玄虚，死的是谁大家心知肚明，多年前的事情现如今又何必把我搬出来？告诉你，我是死了，在派出所的档案里，我早就死了，从前我是见不得光到处躲躲藏藏的黑户，现在我光明正大地站在这里，整个城南做锰矿生意的，没人不认识我。想知道为什么吗？有本事你就去把那块水泥地给挖了，掘地三尺，你想知道的都在里面。送客。”

这番话炮语连珠多多听得哑口无言，他站在李姐家门口，看着她这幢就建在矿边的楼房，不禁心头一颤，他现在真想冲过去把水泥地给挖空了看看里面到底是什么，但他忍住了，他觉得前所未有地惶恐，仿佛他不小心撕开了一个小口，随之而来的是一个深不可测的无底洞。

他坐上了三轮车，路上颠簸，从车厢后放眼望去，刚刚着急没注意看，那幢小洋楼身后不远处的矮山下面堆满了沙石，开矿的人连成一片，对面便是西江河，这么一来，小洋楼倒显得有些遗世独立了。多多把头靠在绿皮车篷上，回味着刚刚李姐那番话的意思，他改变了主意，让司机把车开到中央大街，那个封上水泥的下水道旁。

所有人都视若无睹地踏上去——又或许他们都没有意识到这里曾发生过什么。路边还有昨夜残留的香灰痕迹，多多站在上面，像小时候阿策做的那样，轻轻跳了两下，他发觉这水泥封得十分结实，难怪李姐如此自信地让他掘地三尺，一定是算准了任谁也掀不开这段往事。

不过李姐的话也提醒了多多——她说她在派出所的档案里早就死了——多多把大衣扣子解开，抹了汗，决定沿着中央大街的商铺走往派出所。他直觉得热，仿佛春天已经提前过来了，气温回暖，连风也搅得人燥热起来。

正走着，迎面撞上了昨天药店的老师傅，站在店门口张望。

“找了你一早上，跑哪儿去了，家里也没个人。”老师傅握住多多的胳膊，从口袋里递过去一沓信纸，“也不知道你昨天什么时候掏出来的，落在我这里了。”

多多一看，是前两天从叔叔床上找到的阿妈的信件，又摸摸自己的大衣口袋，才发现空了。他有些感激地接过信纸，连忙点头致谢，不经意又问了一句：“您看得懂越南文吗，能不能给我翻译一下。”

老师傅愣住了，他沉默地看着多多，迟疑了一会儿才说：“我劝你还是不要知道的好。”说完又长长叹了口气。

这反倒叫多多更想知道信上到底写了什么。他匆匆别过要走，老师傅却拦住了他，问他要去哪儿。

“想去派出所问点事儿。”

“是关于你阿妈的事儿？”

多多摇摇头，想了想说：“是关于李姐。”

“她的事儿？你认识派出所的人？”

多多不吭声，老师傅拍了拍他肩膀笑道：“你们年轻人血气方刚，但做事情得讲究方法门路。”

“我就是想弄清楚些事情。”多多咽了口口水，又把早上李姐的话复述了一遍，这下连老师傅也怔住了。

他拉着多多道：“你先不要急着去派出所，没有证据，去了也没用，要真有你说的这事儿，你上我这儿我就能给你弄清楚。”

多多疑惑地看着老师傅，跟随他进了药房里头。老师傅在屋内翻找了一会儿的，拿出一摞旧报纸，对他说：“你在上面找找看？”多多随手拿起两张，仍旧半信半疑地打开报纸查找，但具体的年月日不详，实在是大海捞针。

老师傅也帮着他找，他戴了副老花镜，速度要比多多慢，不过看得也算仔细。

差不多一个小时了，老师傅才吭了声，拍了拍多多道：“你看看这条。”

“越南偷渡客疑似坠井身亡。”多多读着新闻标题心头一颤，又迅速地往下看，文中说“近日有热心民众提供线索，被报失踪的越南偷渡客李飞飞（化名）疑似在整修下水道过程中不慎落入井中，被水泥覆盖窒息而死，目前具体情况尚未查明，施工队拒绝挖出水泥确认”。报纸一侧还登了李飞飞的照片，多多看着这张模糊不清的照片却觉得分外熟悉。

“你觉不觉得她长得像一个人？”多多举起报纸反问老师傅。

“阮凤英。”老师傅念出这三个字的时候多多感到不寒而栗。

“真是奇了怪了，怎么我当年居然会忽略掉这样一条大新闻呢，我可是每天都看报纸的！”老师傅拿起这张报纸前后摊开翻看，“虽然是放在这种不怎么显眼的位置，但也不应该啊。”

他翻到头版，突然看到上面写的时间，仔仔细细又回忆了一遍，突然猛拍大腿："我就觉得那天一定有其他事儿！"

多多转过脸和他对视着。

"那天吴老头子死了，是我发现的，还报了案，凶手就是阮凤英的儿子啊，我就说那天阮凤英和她男人怎么连个影子都没出现。"

"死的人是少年宫那个吴爷爷？凶手是阿策？"事情竟和美惠昨夜提到的一样？多多屏住气，眼珠子一动不动地盯着老师傅。

老师傅点了点头，脑子里闪过当时的画面。

吴老头子死在那幢苏联红楼里，是他发现的。吴老头子在他那里订了药，可好几日不见来拿，他便亲自送上门。吴老头子的死相太过凄惨，全身被剥得一干二净，屋内却没有任何打斗的痕迹，钱包、衣物也悉数安全，可只要往身体上瞟一眼，便要惊呼歹徒的残忍。两腿间除了凝结的血块还有黄黄绿绿的残污，像是被撕裂开一道口子，甚至是一棍子塞进去，里头倾泻出来的脏秽全黏在了皱巴巴的皮肤上。老师傅报案没多久，镇上又传出消息说阿策疯了。老师傅跑过去看，但他是真疯假疯，谁也不知道，只听到他嘴里呢喃着"多多、多多"，两眼迷离几乎是要失了神智。当天警察就来把阿策抓走了但不知道为什么又放了。可阿策非但没有就此罢休，反而失了控冲到街上，看到男人，也不管年纪便冲上去一把抱住，目光柔软泪眼婆娑，仍旧是"多多、多多"地叫唤。大家都惶恐了，那么多年以来，南安从来没有出过这样的事情，大家宁愿相信他只是个杀人犯，也不愿承认他是个流氓鸡奸犯。至于后来，阿策没了音信，镇上的人觉得提他晦气，便一直缄默，渐渐也就忘了这事情。

如今往事再现，老师傅目光呆滞地望着这张报纸，不觉感慨万千，他告诉多多阿策发疯的样子，至于吴老头子究竟是怎么死的，谁也说不清楚。

此刻多多坐在坚硬黑润的虎斑木官帽椅上静静听完，几乎是要喘不上气了，他觉得胸口那里像是挨了狠狠的一刀，刀子斜斜刺进心脏，血液逆流，头晕目眩得厉害。老师傅说完才觉得口快，想要劝慰多多，但多多只觉得耳鸣，什么话也听不进去了，头蒙蒙的，恍惚中，“阿策”这两个字竟如符咒般脱口而出，他喃喃自语，深吸一口气，奋力站了起来，拦也拦不住地，一路跌跌撞撞就往精神病院冲去。

32.

从桑拿房出来，春宁还没来得及化妆，美惠就催促着她快点儿下楼。临出门前春宁紧急安排人调了船，停在西江河北段的码头上。春宁戴了一顶银白色的羊毛呢大毡帽，黑色的暗扣开胸大衣和雪纺裤，显得身材修长、利落丰满，她这一行不疾不徐，根本看不出有要紧事要做。天开始从灰中透出一些蓝色，有几片从远方飘来的云遮住了太阳。马上就要正午，春宁把帽檐轻轻往下压了一些，挽着美惠的手，走在凹凸不平的石板路上。美惠踩着高跟鞋步伐仍旧迈得很开，所以走到少年宫门口，总共也没花多久。

她们径直走到那栋伊斯兰风格的圆顶建筑前面，一如既往地冷清。穿过围栏的时候一楼大门跑出来一个中年妇人，大声嚷嚷着，询问她们来这里做什么。

春宁什么话也没说，从手包里取出几张纸币塞到妇人手中，妇人接了钱往后退了两步，轻声问道："你们来这里……"

"阿策住哪儿？"还没等人说完美惠就抢过话。

妇人恍然大悟似的点了点头，指了指楼顶，告诉她们是最里边那间，春宁和美惠便登上了顶楼。

差不多到天台位置的楼梯处有一扇破旧的铁门，轻掩着，从细缝中可以看到阿策正在旁边浇花。他穿着浅棕色的工装服，一双洗得发白的布鞋，头发像是自己对着镜子剪的，长短不齐。

美惠忍不住推开了门，她和阿策两个人对视着，面面相觑。

沉默了一小会儿后，是阿策先开了口。

“早就猜到你们要来找我的。好久不见。”阿策释怀一笑，放下手中的水壶。

“好久不见。”美惠用力又小声地说出这几个字，她甚至不敢抬头去看阿策的眼睛。

“你们别干站着呀，阿策，收拾收拾东西走吧。”春宁总是这样一个打破沉静的角色，她推了推美惠，美惠才尴尬地应声点了点头。

“也没什么要拿的。”阿策低下头看了看盆栽中的这株金达莱花，又看了眼美惠，说，“就麻烦你们等我浇完水吧。”

天上飘过去的那朵云把朦胧的太阳的轮廓露了出来，光线开始有些刺眼，空气里有什么蒸发而潮湿的气味。美惠静静地看着阿策倾倒着水壶，壶嘴落下细细的水流，一沾到花瓣和泥土，就消失了。泥土的颜色变成深褐色，从一小块儿的斑驳变成满盆的均匀。

阿策自始至终都是微笑着浇着水，直到最后一滴，他再次放下水壶后用眼睛直视着太阳。

他们从后门离开了。

路上沉默得有些可怕，美惠来得突然，也没想好开场白，总觉得问“这些年过得怎么样”或是“你还在想着他吗”拗口又突兀。

“多多来找过你了吧。”春宁有些看不下去了，张口就来。

阿策点了点头，他偷偷看了眼美惠，为了打破僵局，故意用愉悦自然的语气说：“他变得我都认不出了，你却还是老样子。”

三个人并排走，美惠挨着阿策站立。

“那我呢，是不是温柔多了？”春宁把毡帽抬高，露出瘦削的脸。

“是是是……”阿策突然哽咽住了，他抬头看着太阳，还是像从前那样，光线直射入他的眼眸，也不觉得难受。

“你应该也猜到我们为什么来找你的，只要你不说，多多那里自然永远也不会知道，所以我们必须要送你走，也是为了大家好。”春宁突然变得严肃起来。

阿策没有说话，他抬起下巴，年轻的脸庞在阳光下显得憔悴而沧桑。美惠也说不出话来了。

“到了。”春宁和靠岸的船主挥了挥手，又转过头看着他们两个，“我知道你们那么多年没见肯定有很多想说的，但现在不是时候。”

美惠看着阿策的脸，还是忍不住伸出手去触碰了一下他的手指，又紧张得缩回来，那感觉和小时候太像太像了。

阿策的眼睛一直眺望着远方，有些恍惚出神，只是美惠触碰他的时候他才反应过来，却觉得愧疚感伤。

船靠在岸边催促着，太阳已经升到头顶了，风吹得不平静，水面上像闪着金子那样波光粼粼，阿策什么也没说，但他的双脚直直地站立着不肯挪动，所有人都感觉到了，他是想让这场告别再漫长些吧。

从药房到精神病院，多多几乎是用跑的，他气喘吁吁地跑进大门里，值班的那个妇人又把他拦下来。

“还以为是谁呢，又是你呀，过来陪我聊天？”

“阿策还在楼上吧。”

“又是找阿策呀，刚刚来了两个女人，现在应该在楼上聊着吧，这小子最近时来运转啊，怎么三天两头有人来看他。”

多多愣了愣：“有两个女人来找他？”

妇人才点了点头，多多拔腿就冲到楼顶，天台空无一人，他又跑去阿策的房间，敞着门，里面什么也没有。

从房间里出来，多多看到栏杆旁有一株湿润的金达莱花，阳光下有一粒晶莹剔透的水珠挂在花瓣上，他开始感到手足无措，空旷的天台使他恐惧起来。所有人都这样莫名其妙地消失，他好不容易找到了阿策，却又这样错过。他努力回忆起阿策的脸，除了那双黑色孤独的眼睛，其他竟什么也想不起来。他拍着脑袋走下了楼，失落的情绪像沉甸甸沾满水的衣服随身压着他。

“呀，怎么下来这么快，他又不肯见你？”妇人略带奚落的语调使他心烦意乱。但他还是忍住了，笑着说：“人都不在这儿了，我想见也见不到了。”

“不在上面了？怎么可能，我一直看着大门呀，难不成从后门走了？”

“后门后门，对的，他们一定从后门走了。”多多紧张地摇晃着妇人的胳膊，央求他告诉自己后门往哪儿走。

“哎呀，上次不就从那儿带你进来的吗？”

多多穿过长长的走廊，头也不回地一路跑出了后门。

门外是一片树林，上一次雨天他就在这里迷的路，庆幸现在是晴天，他一眼能望清楚树林的另一端。

树林之外是一条不知道通往何处的小径，多多跑得大汗淋漓才走到大道上。大道沿着西江河修建，一路上荒无人烟，太阳把他的脸晒得热辣，他脱了身上的大衣，连里面的衬衣也湿得可以拧出水来。

陌生的道路使他毫无头绪，他只得沿着这条路漫无目的地走。直到看见远处有几艘漂荡在江里的渔船，他才突然意识到，前面就是他小时候去过的码头，蓝色的集装箱和废弃的水泥砼并排挨着垒起来，有半层楼高。他使了浑身的劲儿一路奔过去，轮廓越来越清晰，是春宁和美惠的脸，她们站在岸边，眺望着西江河及远方。

多多大吼着阿策的名字跑过去，惊动了春宁和美惠，她们焦急地看着远方，像是在希望船再开得快些。

白色的水花激荡在船尾的排管上，风吹过脸颊，叫人睁不开眼，一片迷离昏暗。

等多多站到岸边的时候，船已经开出去很远了，多多再怎么努力地怒吼、睁大眼，也看不到船上的人。

他憎恶地看着眼前这两个女人，憎恶地蹲在地上，用手捶打着岸边的围栏。要把手捶到稀巴烂，疼痛，是制止心中憎恶的唯一方式。

33.

岸堤上的石块呈现出墨绿色，一大片腐烂的苔藓色泽浓郁。有几只麻雀站在道旁的电线杆上，它们毫无顾忌地在这三个人的头顶飞着。

美惠看着抱头在地的多多一句话也不敢说，内心忐忑不已，春宁上去轻轻碰了一下多多，要抚摸他的背，哪知多多立马抬起头来恶狠狠地甩开春宁的手，他的两眼里布满血丝，令人恐惧，春宁往后退了两步差点儿没站稳。也就是这个时候，多多朝春宁身后看过去，才看到了那张熟悉又陌生的脸，慢慢从不远处的空地走过来。

“阿策！”多多难以置信地看过去，站起来，往前走了几步，又飞一般地跑过去，结结实实地把阿策抱住，他这用力的一抱把阿策都快弄得喘不过气了。那件浅棕色的工装服被多多的手揉得褶皱，阿策高高瘦瘦的，被多多的手臂这么一勒，更显得身上没半点多余的肉。

“不要怪她们，是我不让她们说的。”阿策的手犹豫了一小会儿才敢轻轻抱住多多的背，每一寸抚摸下去心都在疼，“你怎么还和小时候一样爱哭，是不是个男人啊。”

多多一句话也说不出来，他趴在阿策的肩上号啕大哭，旁边两个女人也看得伤感起来。

阿策心中更是感慨万千。当年多多远走，他甚至都没有勇气上去告别。其实他比多多想象的还要脆弱。他怕控制不住自己的情绪，所以说的每一句话都小心翼翼。

那几只麻雀叽叽喳喳地叫，开心的人听上去像是庆祝重聚，难过的人听到的又是别离。

多多松开了阿策，哽咽着说："先跟我回家，你好久好久没去我家了。"

阿策看了一眼春宁和美惠，又转过脸看着多多，笑着点了点头。这才使多多松了一口气。

多多家的厨房多年不用，早就遍布蛛网落满灰尘，春宁提议由她那里安排饭菜，再送过来多多家共聚。大家点头称好。

美惠一到家就把收起的桌椅全搬出来，扫了扫灰，一个劲儿地嘱咐阿策不要客气，反倒让他拘束起来了。美惠处处张罗的架势彰显着她是这个家女主人的姿态，她又是端水果，又是擦桌子，在阿策和多多眼前晃着，一刻也停不下来。

坐在客厅里的多多仔细端详着阿策，他的脖子上有好几条深色的长痕，应该是多年前和人厮打留下的，头发倒是梳得很整齐，好像早就预感到今天会有人来找他了似的，只是额头上有好几处伤口在油亮的头发前反倒更明显了。多多看着阿策的脸直傻笑，他觉得那张脸长了宽了，但还是一样黝黑，没有变。阿策盯着多多的眉毛看，一如从前浓黑而粗，像是狗尾巴草。

两个人其实也没说什么话，干看着就觉得很舒服愉悦，那感觉倒不像是久别重逢，而像是热天里眼前突然出现一条河，一口气跳进去洗了个澡，浑身都舒畅了。

春宁带着好酒好菜过来，几个人齐力把大圆桌架开。

美惠给大家都斟满酒，最后给自己倒上，她提议大家先一起碰个杯，等杯子都举起来的时候，美惠突然看了阿策一眼，说："看我这记性，怀着孕呢，我就不陪你们喝了，你们干你们干。"

阿策的心咯噔了一下，大家碰了个杯，都一饮而尽。没有人发话，美惠就接着刚刚自己说的话又继续冲阿策说："这匆匆忙忙的，我们也没来得及跟你说，我和多多在一起也有一段时间了，可一直没想过要孩子，这不也是才知道刚怀上的，多多想要，我哪敢不听他的话。"美惠莞尔一笑，她似乎话中有话，使得阿策在一旁尴尬得不知道该接什么。

"吃饭吃饭，孩子的事儿还早还早。"多多夹了一块肉放阿策碗里，美惠见状，也往阿策碗里放进去一块肉，这顿饭吃得大家浑身不自在。

春宁今天在一旁倒是喝得不吭声，她总觉得自己不该插进来一脚。直到阿策问起天宝叔叔时，春宁才抢着回答说："把他关在屋里头了，怕他闹，待会儿再给他送吃的。"

这顿饭吃得有些潦草，酒也没怎么喝。尤其是阿策，几乎只是象征性地喝了几杯，不知道他在担心些什么。

结束后春宁和美惠去收拾碗筷，阿策则站在门口和多多要了烟来抽。

"晚上你先住我这儿，还空着几个房间呢，方便。"多多看见阿策的眼睛直盯着自家从前的小楼，亮着光，眼神里流露出无限伤感，他忙安慰道，"我这里，你爱住多久住多久。"

阿策没有回话，而是长长地吐了一口烟气。他其实不担心住处，那么多年的精神病院他都住下来了，还有什么地方是不能落脚的？他只是觉得一时半会儿要接受那么多事情有些突然，在他的大脑里，多多从出走到归来的中间一段时间几乎是空白的，他自己也觉得好像中间没有任何过渡，一下就过了那么多年。

那会儿他们才十六七岁，阮凤英计划着给阿策娶亲——在南安这个地方，没有几个男娃娃十八岁了还没当爹的，生下儿子便是最好的成人礼。阮凤英没怎么劝就把阿策说服了，她原本还扬扬得意自己要当婆婆了，但阿策却指定要娶美惠，让阮凤英着实有些犯难。

阮凤英说，这南安上上下下哪家姑娘不想嫁到我们林家，你挑美惠这个死丫头，是几个意思？

阿策什么理由也没找，只说了不娶美惠那就孤独终老。

后来阮凤英也妥协了，阿策阿爸觉得他顶没出息，娶了个朝鲜女人，但又转念一想，自己儿子不过是一时心血来潮，等以后烦了腻了，上哪儿找不到姑娘？这么一想，这事儿就顺理成章办下来了，阮凤英也上下打点帮美惠办到了身份证明，熬了那么多年，美惠才敢光明正大地走在南安的马路上。

阿策想把这个惊喜告诉多多，但多多提早就知道了，他是听陈天福说的，阮凤英有什么事儿全一股脑儿告诉陈天福，自然，陈天福嘴巴里从来就没有藏过东西。

多多因为这件事怄着气，对阿策避而不见，阿策也急了，他觉得自己那么做全是为了多多，结果却闹得不欢而散。结婚那天，阿策家请了几大桌子酒，多多露了个脸，回来后他便和叶美玲商量着要走。直到离开南安那天，多多都没有和阿策再见面。

阿策觉得多多走之后整个南安就变了，乱成一锅粥。

先是阮凤英和陈天福偷情被阿策阿爸逮个正着，阮凤英被打断了一条腿，卧床不起。陈天福在和阿策阿爸的厮打中又戳瞎了对方一只眼睛，马眼这回从独眼变成了全瞎。原本大家都以为陈天福马上要一人独大了，生意做得顺风顺水，可所有人都没想到，陈天福和阮凤英几乎是同时消失了。

阿策其实什么都知道，但他什么都没说。那段时间美惠和叶美玲的联系频繁得很，她们像是早早就计划好的一样，只待时机成熟。几乎是一夜之间，天地换了位置，下水道的一群姐妹逃了出来，取而代之的是阮凤英，她被活活困死在里头，最后甚至被水泥牢牢粘住，永世不得翻身。而陈天福的死法，则是春宁为自己姐姐春生报的仇，同样的汽油浇灌，同样的一把火点燃，陈天福最后甚至连灰也不剩，终于了了春宁多年的夙愿。至于马眼，他是淹死在西江河上的，被人一拳推下去，一个瞎子，怎么也挣扎不上岸，最后便一命呜呼，尸体漂到镇上的深潭，最后被人拉去抵命，也算是死得其所。

而后的南安，李飞飞盗用了阮凤英的身份嫁到了城南，当年下水道里的一部分姐妹跟随着她一路闯荡，最后生意盘踞西江河南段，春宁则接下了阮凤英在北段的生意，开起了美容会所，两人一南一北，几乎是垄断了整个南安的服务行业。

回忆起这些，阿策不禁唏嘘，他一点儿也不想卷到这些事情里面来，如果可以选择，他甚至连一个旁观者也不愿做，只想清清静静地活着。

多多看着阿策一个人抽烟，想陪他说说话，但似乎沉默才是最好的相处方式。整个晚上，两个人都克制着没有说很多话。阿策没有向多多解释这些年发生的事，多多也没有把白日药房老师傅告诉他的话拿出来问。

夜空像是一条轻柔的蓝丝绒，风也轻柔，吹在他们的脸上。

末了，阿策突然对多多说："这辈子我们做兄弟，下辈子，不要做兄弟了。"

多多疑惑，但阿策却只是笑了笑说："我那里种了盆花，你哪天有空就上去帮我带过来。"

"遵命。"多多把手举到额前，做了个敬礼的姿势，两个人开怀地笑了。

夜里多多翻来覆去睡不着，他把美惠叫醒，有些东西还是萦绕心头挥之不去。

"少年宫的吴爷爷真是阿策杀的吗？"

这一问反倒把美惠给怔住了。她开了床头的灯，披了件薄薄的外套，坐靠在墙边，轻声说："怎么突然想起这个？"

"阿策为什么要杀他？"多多喃喃自语，美惠也不知如何劝解，一波未平一波又起，多多继续发问着，"阿策之前为什么不肯见我？"

说完多多自己对着天花板笑了出来。这笑声不是释然，而是戏谑。他一转身，把头埋在美惠的胸口，像是要刻意忘掉什么似的，混乱中关掉了灯，亲吻着美惠的乳房，他轻轻剥开美惠和自己的衣服，用力地喘着气，身体贴着身体。美惠却感受多多的眼里滴落下什么湿润了她的胸口。

他们没有做爱，多多抱着美惠以一种扭曲的姿势沉睡过去。天亮起来后有光照在他们裸露的身上，美惠先醒过来，她的手臂被压得有些麻了，于是轻轻推开了多多，多多也醒了过来。

他换身衣服下楼去洗脸，顺便敲了阿策的房门。但房间里空无一人，多多以为他去上洗手间了，于是下楼去找，可直到整间屋子都找完了也没有看到人影。

多多有些着急，他大清早便跑过去敲春宁家的门，上上下下问遍了，也没有阿策的消息。

他才突然意识到阿策昨夜说的话，于是赶到少年宫，登上天台。那株金达莱花还在，但走廊尽头阿策的小屋已经被人从外面上了锁，阿策终于还是选择了离开。

站在上了锁的门前，他第一次认认真真看了天台，这个阿策独自生活了多年的地方。破破烂烂的水泥围栏，坑坑洼洼的地面，简陋的大棚，以及冷清而又无人问津的整个少年宫。

他抱着这盆花一个人下了楼，穿过少年宫的花园，独自走在大马路上。

别人都觉得他奇怪，但他却毫不在乎其他人的眼光，反而对着花自言自语起来。他想，阿策一个人的时候，是不是也对着花这样聊天说话。

但他却突然在花瓣中看到了美惠的脸。他想起昨天美惠在饭桌上说的话，迟来的恼怒使他一阵恶心，他把阿策的走，把这所有的一切，全都归咎到美惠的身上。

34.

经过药房的时候多多迟疑着向老师傅又买了一服打胎药。

老师傅捋着胡子给他抓了药，对他说："该是你的还是你的，不该是你的，留也留不住。"

多多表情有些凝重，递了钱便走，没有停留。老师傅看出了他今天情绪有些不对劲，意味深长地叹了口气，把钱一张一张摊开放到抽屉里。

可没过多久，多多便又折返。他站在柜台前面托老师傅帮他一个忙，老师傅听完后犹豫地反问多多这又是意欲何为，多多没有回答，深鞠了个躬直到老师傅同意了他才直起身来，又匆匆赶回家中。

美惠早已梳洗好并且备了早餐，多多一推门进来，美惠便迎上去，看到他手里的那株盆栽，小心翼翼地问道："要不要我帮你拿？"

"我自己可以，你坐，身体不好就别多走动了。"

多多温和的笑脸与此番回答叫美惠有些不寒而栗，但她还是坚持问了多多："阿策是不是走了？"

"走了不也挺好吗，反正住在这里也不习惯。"说完多多把盆栽放到南面的阳台，又走到美惠背后，两只手臂轻轻环绕住美惠的腰，上下抚摸，轻声说着，"可惜了这个小生命……"

"你说什么？"美惠转过头看着多多。

"我心疼你身体不好还怀着孩子。"多多抱着美惠，眼看着窗外的那栋楼，嘴角微微一笑，李姐已经走了进去。

春宁看到李姐的时候有些吃惊，问她突然驾到是不是有什么急事。

“你派人请我过来，还要问我找你什么事？”李姐毫不客气地走到春宁面前的桌子上拿了一包烟，从里面抽出其中一根，用火柴点燃，“我说春宁啊，你最近要是觉得这城北的生意太忙管不过来，我不介意你让我帮你的。”

春宁听出了李姐话里带着火药味，但她奇怪究竟是谁把李姐请过来的，若是放在从前下水道里，即使在李姐身后有十几个人，她只有一人独身，她也毫不犹豫地还击回去，可现在，她是真真切切体会到了阮凤英曾经说过的话，在下面的世界，你可以爱憎分明，但到上面来，你便不再是你了。因此春宁只好硬着头皮应付道：“有生意做当然不能忘了我们李姐，那么多年如果不是李姐你一直关照，哪有小店在城北开下去的份儿呢？”

“哟，你这话说的，我可从来没关照过你呀，反倒是有人替我瞒了不少东西，也不知道现在是嘴巴松了还是哪里松了不牢靠，不到处说出去心里就不舒畅啊。”

“那这个人我可得帮李姐你揪出来好好教训教训。”春宁忍住气，让云梦端过来火炉放在脚下取暖，并给李姐倒了一杯刺梨酒。

李姐不动声色地把手腾出来伸到火炉前晃了晃，又尝了一口酒后才咂咂嘴说：“年头太短，顶多也就三四年。”

“李姐懂行，舌尖一尝就出来了。”春宁阿谀奉承着。

“行了行了，从前可没见你那么使劲儿地夸我。我问你啊，那个叫陈多多的，你打算怎么处理？”

春宁一惊："他是自己人。"

"自己人？"李姐用鼻腔哼了一下，"你和他上过床？"

"李姐就是爱开玩笑，他是美惠的男人。"

"哈哈哈。"李姐止不住地大笑，"美惠怎么挑来挑去最后还是离不开这两个小不点儿呀。"

"你知道多多，他找过你？"

"这我可得问问你们了。他闯进我家把我逼问了一通，还问我是不是死了。"

春宁有些尴尬，李姐挥了挥手说："算了算了，在南安这里，就算他捅到天上去，也没人会理他。不过我可告诉你啊春宁，你们这块大肥肉，可不止我一个人盯着，你想好了要走，可得早点儿告诉我。"

李姐把烟喷到天花板上，屋子里全是呛人的气味。

多多给美惠喂完药，就急着要出门，美惠问他去哪儿，他只说出去走走并嘱咐美惠不要出门，好好在家休息。但美惠从窗子望出去看见多多绕了一圈最后还是敲了春宁家的门。

开门的是云梦，告知里头有客，让他等候，但多多没有理会，径直往楼上冲过去。

走到二楼大厅便看到了李姐和春宁。春宁见是多多，连续使了好几个眼色让他下楼去，但多多坚持走进屋里，并且就站在李姐旁边。

"今天你这里客人还真是多，一个个都不请自来了。"李姐转头望向多多，故意不怀好意地说，"你不会也是别人请来找春宁的吧。"

“你不会也是美惠叫过来的吧？”多多试探着问了李姐。

“原来是美惠搞的鬼？”李姐把烟头直戳到烟灰缸里，又收起恼怒，转而一笑，道，“也不知道她唱的是哪出。”

多多笑了笑说：“最近总听她提起阮凤英和我阿妈的事儿，可又不说明白，谁知道呢？”

“多多！”春宁急切地打断他，并且狠狠瞪了他一眼，示意他不要多言。

“行，我不说了，你们聊。”多多随手拉了一把椅子坐下。

李姐两腿交叉着坐，双手搭在胸口，冲着春宁有些不悦道：“有什么不能光明正大地摆在台面上说，非要这么神神秘秘，不就是陈芝麻烂谷子的事儿吗，我今天就在这里挑明了，阮凤英和陈天福通奸那档子事儿是美惠和叶美玲她俩算计好了捅出去给马眼的，跟我们没关系，阮凤英和马眼的死，追究起来大家都有份，至于陈天福，谁不知道那是你春宁和叶美玲给做掉的，现在叶美玲跑了，那就只能算到你春宁一个人头上。”

这番话一说出来春宁脸都青了，多多却暗自叫好，没想到这李飞飞那么不禁呛，一张口就抖搂出来那么多事儿，但多多感到疑惑的是，叶美玲跑了，到底是什么意思，于是多多当着她俩的面说了句：“我阿妈做的事儿我担下来，但你们得告诉我，她究竟去哪儿了？”

说着多多便从大衣里拿出来藏了好几天的信纸，叶美玲的字迹仍旧清晰可辨。

“美惠给她安排了一辆卡车，她连夜就回越南去了，但一直没有音信。”

“是美惠给她打点的？”多多将信将疑，“那这信上都写了些什么？为什么我阿妈都不跟我联系？”

春宁拿过信一看，扫了几行，又翻到下一张，她的两只眼睛瞪得浑圆，甚至是有些惊诧，直到翻完最后一张，春宁站起来很快地撕碎了，把纸片投到脚下的火炉里，不一会儿就开始烧起来，多多想拦也拦不住。

“春宁你这是做什么！”多多打翻了火炉，里头滚烫的红炭翻滚出来，差点儿就烫到了李姐的脚，她尖叫一声，但多多毫不关心，而是急着从火炭堆中找出剩下的纸片，但结果只能是枉然。

春宁叹了口气说：“有些事情你最好还是不知道的好。”

“他妈的又是这句鬼话。”多多气得冲着火炉连续踢了几脚，吓得春宁和李姐赶紧往门边走。

“想毁掉一切是吗，好啊，全都毁掉！”多多用拳头狠狠敲了几下木门，怒吼着跑下了楼。

他不顾一切地冲回家中，红着眼，开门看到美惠便扯着她的头发把她丢到春宁家门口，美惠惊恐的眼神丝毫没有触动到他，他像失去了理智一样，又去打开天宝叔叔的房间门，将他驱赶到屋外，他疯狂穿梭在这幢小楼里，踩踏着摇摇欲坠的楼梯跑上跑下，一时间，把整个房子里所有的灯都打开，亮堂刺眼。

春宁急匆匆地要进门来阻止，多多甚至不愿直视她，摔着凳子砸出去，差点儿就砸到春宁的头，重重地撞击在门框上，发出了砰的响声。所有人都不敢靠近，附近的人总觉得是在重蹈覆辙——多年前阿策发起疯来的时候也是这样。

多多看着外面的人群觉得热闹，越热闹他越开心。他冲到一楼的仓库，如果他没记错，这里还有阿爸留下来的过期汽油，他打开门，一排整整齐齐全摆在眼前。多多毫不犹豫地拎出其中一桶，冷静地拧开盖子，从顶楼开始，每个房间都泼洒均匀，直到最下面一层，他花费了三桶油。

浓浓的汽油味使得围观的人群都伸出手来遮挡挥摆。已经是傍晚了，天空呈现出异常的沉默，宛如银灰色的湖面。

临出门前他的脚撞到了那盆花，他蹲下来，连根带茎，用手掬起一掊土，走出大门，看着门外这些充满好奇的人，冷冷一笑，划开一根火柴，嗖的一声，倏忽燃起来，像一条喷火的藤蔓扭曲着枝条，爬满了整栋小楼。熊熊烈火成就了一场盛会。

多多看着坐在地上泣不成声的美惠，他的心里已经没有半点难过，正如刚刚踏到南安的土地上时他所想的一样，他觉得自己是来参加一场葬礼的，而现在，他负责亲手点燃与结束。

远处有不明所以的人凑热闹放起了烟火。巨大的轰鸣声像是炸弹在头顶爆裂。整个南安都开始欢庆起来。

多多踏着喧闹的尖叫声，走进人群，又独自走出，没有人认出他来。他径直走到中央大街上，在他的耳朵里周围几乎是无声的。他回过头，看到天上滚滚的浓烟。

庆幸这是个晴朗的夜晚。

他又一次离开了南安，但他永远记得这个冬天。

35.

“陈先生，你看这柜子放哪儿啊？”

“给我拖到主卧就行，回头我再摆。”

“那这盆花……”

“放在客厅。”

多多指挥着搬家工人把家具都安放好，给这株金达莱花浇了水，刚想松口气，电话就响了起来，一看来电显示，是前房东，多多犹豫着接了电话：“这儿有封你老家来的信，你什么时候过来拿咯。”

“老家来的信？”多多感到奇怪，老家也没人知道他地址啊，于是他问，“谁寄来的啊？”

“陈默生，哎呀，你自己过来拿，不说了不说了，我还要忙，再见。”

多多从头到尾想了一遍，也不记得自己认识那个叫陈默生的人，但他还是觉得得去一趟拿那封信。

从莲坂到黄厝需要差不多一个小时的车程，公交车里人很拥挤，尽管是9月底早已入了秋，但厦门的气候和南安一样热得令人难受。

见到房东的时候他一脸的不耐烦，把信丢给多多时还嚷嚷着：“以后别把信往这里寄了，我还得给你保管，麻烦死了。”

多多一个劲儿地致歉，他在这里住了两年多，要不是房东坐地起价，他才不会搬到那么拥挤的地方去。当然，他也早就受够了这个房东。

打开信，只有短短两句话——关于你想知道的叶美玲的消息，我会告诉你，请务必于9月26日中午回到少年宫的殡仪馆。

多多拿着信有些发抖。他又打开重新看了一遍，信纸上没有落款，只在信封写了“陈默生”这三个字，歪歪扭扭。

但为什么是去少年宫的殡仪馆呢？多多觉得奇怪，他猜想或许是阿策，但又觉得阿策不会这么故弄玄虚署名陈默生。他很犹豫，自己好不容易斩断了和故乡的联系。他现在有一个新的身份证，有一个宽敞明亮的新家，他几乎以为自己就要剃骨还父，割肉还母，把自己重新生出来一遍了，可“南安”两个字却还阴魂不散地找上门来，让他难堪不已。他捏着手里的信，最终还是决定回一趟南安。只是这个时间，就只剩两天了，除非现在出发，否则根本来不及。

多多回了趟家翻出证件，不多想就买了赶往南安的票。一天一夜的火车和半天大巴。

路上他几乎没有合眼，翻来覆去想了很多往事。他离开南安已经三年了，离开后的每一天他都在努力忘记曾经发生过的事。但生活就是如此残忍，永远会把那些最血淋淋的事实拎出来摆在人眼前，那些逃离、消失和死亡的面孔总是像幽灵一样纠缠着他不放。

这种感觉在逼近南安的路上越来越严重。直到他重新踏上了中央大街的土地，闻到那股臭气熏天的味道，他才觉得，一切都可以被原谅。

是啊，一切都可以被原谅，又有什么是不能释怀的呢？

不过他紧赶慢赶还是来迟了一点儿，等他走到少年宫的殡仪馆门口时，已经接近傍晚。

“我就知道你会过来的。”多多转过身，看到春宁在他身后。

春宁怀中抱着一个小男孩，看上去也就两三岁大。

“是你写信给我的？”

“是呀，你不是也喜欢用这招吗？”

多多笑了笑，问：“为什么约在这里？”

“你先跟我进来。”

春宁带着多多走进骨灰堂，多多往返这里这么多次，倒是第一次踏进这个骨灰堂。春宁把孩子放下，走上前去取下一个骨灰盒，放在祭台前，燃了三炷香，让那个孩子跪下。

“还不快给你妈拜拜。”春宁按着孩子的头，叩了三下。

“这孩子是谁的？”多多站在旁边看了看孩子的脸。

“叫阿爸。”春宁又压着孩子向多多鞠了躬。

多多一惊，蹲下来摸着孩子的头，哽咽着问：“我儿子？”

多多听到孩子叫“阿爸”的时候有一种难以形容的错觉，但很快，他就摇着头说：“这不可能，你骗我。”

春宁抱着骨灰盒站在多多面前：“本来是没打算告诉你的，美惠也说不该打扰你的生活，但没办法，我要走了，想来想去这孩子还是交给你，挑今天，是孩子的生日，也是美惠的忌日，这孩子懂事，平时都不怎么哭闹的，只有生他的那天他哭个没完，因为美惠难产，生完没多久就死了，我不知道你会不会对这个孩子好，但我想，毕竟是你的骨肉啊，你总不至于狠下心来吧。”

多多颤抖着伸出手去摸骨灰盒上美惠的名字，吸了一口冷气，问：“孩子叫什么？”

“默生。”春宁拍了拍孩子的肩膀，让他跑到多多跟前，“美惠生前早就给他取好了名字，可惜就是没能看见他。答应我，不要让孩子再经历这些痛苦了。”

多多点点头，抱起默生，两只手抖得不行，默生冲他一笑，他便红了眼眶。

“我是晚上的船，和你叔叔天宝一起走，嗯，应该说是你的亲阿爸天宝。”春宁叹了一口气，“关于那天晚上我烧毁的那张纸，原本不想告诉你的，但我觉得不说恐怕也没有机会再说了，你阿妈不愿让你知道你是天宝的儿子，怕你伤心，她瞒了一辈子，她希望你没有负担，至于她究竟去哪儿了，为什么没有联系你，我也不能回答你，因为当年送她离开的那个司机和她一样没有任何音信，开到边境线的山林里就消失了。最后一件事就是，我希望你能原谅美惠，她为了活着，才努力把自己变得很坏，但其实她比谁都脆弱。”

说完，春宁便和多多以及默生挥了挥手告别：“天宝已经在船上等我了，再见。”

这些话并没有让多多感到多么地惊讶，或者难以接受。他只是觉得他人生经历的每一次离别都是那么仓促。他只能抱起默生也挥了挥手告别。孩子没有哭，而是靠在他的肩膀上看着远走的春宁。多多带着默生一路走到中央大街，他要找招待所，路上经过药房，看他抱着孩子，老师傅冲他露出一个意味深长的笑，多多恍然大悟，向他点头致意。

天黑下来后的南安还是像从前那样冷清。多多抱着小默生坐在中央大街菜市场的马路边，很多年前就是在这一排台阶这里，他遇到了美惠，他告诉小默生自己的故事，他不知道小默生听不听得懂，但是小默生笑了。饿了吃，困了睡，就坐在这条马路边，不管白天黑夜，多多连说了三天三夜，到第四天，他把故事说完了，轻轻地亲吻小默生的额头，抱着他踏上了离开南安的旅程。

在省道S325边境公路上，他坐在飞驰的大巴车里，打开一份当天的报纸，上面的头条新闻是——一男一女偷渡者溺毙——多多没有在这条新闻中找到人名，只知道，女方为越南籍女子，男方为中国籍男子，男方因十分肥胖，死后一直漂浮在水面上，两人的尸体现已分别移交大使馆处理。警方初步怀疑两位死者和多年前的一系列偷渡案有关，目前正在积极调查。

心里咯噔疼了一下。多多沉默地把报纸折起来，抱着小默生，他的眼睛用力地盯着窗外，扫到了那块广告牌——欢迎来到南安，很快，车子两旁长出了一大片红树林，葳葳蕤蕤，长到了小默生的眼睛里。

多多迅速地用手蒙住小默生的眼睛，他希望小默生的记忆里不要出现这条路，不要出现南安。

初稿

2013年~ 2015年3月

于厦门 / 南昌

2016年4月改定

于上海

出品／上海最世文化发展有限公司
官方网站／ www.zuibook.com
平台支持／ **最小说** **ZUI Factor**

南安无故人

ZUI Book
CAST

作者　陆俊文

出品人 郭敬明
项目总监 痕痕
监　制 与其　刘霁
特约策划 卡卡　董鑫
特约编辑 小河　张明慧

* **装帧设计** ZUI Factor (zui@zuifactor.com)
设计师 山川
封面摄影 高旋